師友奇人

蔡瀾選集・叁

www.cosmosbooks.com.hk

書　　名　蔡瀾選集・叁——師友奇人
作　　者　蔡　瀾
封面及內文插圖　蘇美璐
出　　版　天地圖書有限公司
香港皇后大道東109 -115號
智群商業中心15字樓（總寫字樓）
電話：2528 3671　傳真：2865 2609
香港灣仔莊士敦道30號地庫 / 1樓（門市部）
電話：2865 0708　傳真：2861 1541
印　　刷　亨泰印刷有限公司
柴灣利眾街德景工業大廈10字樓
電話：2896 3687　傳真：2558 1902
發　　行　香港聯合書刊物流有限公司
香港新界大埔汀麗路36號中華商務印刷大廈3字樓
電話：2150 2100　傳真：2407 3062
出版日期　2019年5月初版・香港

ISBN 978-988-8547-22-7

出版說明

蔡瀾先生與「天地」合作多年，從一九八五年出版第一本書《蔡瀾的緣》開始，至今已出版了一百五十多本著作，時間跨度三十多年，可以說蔡生的主要著作都在「天地」。

蔡瀾先生是華人世界少有的「生活大家」，這與他獨特的經歷有關。他祖籍廣東潮陽，新加坡出生，父母均從事文化工作，家庭教育寬鬆，自小我行我素，放蕩不羈。中學時期，逃過學、退過學。由於父親管理電影院，很早與電影結緣，求學時便在報上寫影評，賺取稿費，以供玩樂。也因為這樣，雖然數學不好，卻苦學中英文，從小打下寫作基礎。

上世紀六十年代，遊學日本，攻讀電影，求學期間，已幫「邵氏電影公司」工作。學成後，移居香港，先後任職「邵氏」、「嘉禾」兩大電影公司，監製過多部電影，與眾多港台明星合作，到過世界各地拍片。由於雅好藝術，還在工餘尋訪名師，學習書法、篆刻。

八十年代，開始在香港報刊撰寫專欄，並結集出版成書。豐富的閱歷，天生的愛好，為熱愛生活的蔡瀾遊走於東西文化時，找到自己獨特的視角。他筆下的遊記、美食、人生哲學，以及與文化界師友、影視界明星交往的趣事，都栩栩如生地呈現在讀者面前，成為華人世界不可多得的消閒式精神食糧。世上有錢人多的是，但不一定有蔡生的機緣，可以跑遍世界那麼多地方；世上有閒人多的是，也許去的地方比蔡生多，但不一定有他的見識與體悟。很多人說，看蔡生文章，如與智者相遇、如品陳年老酒，令人回味無窮！

蔡瀾先生的文章，一般先在報刊發表，到有一定數量，才結集成書，因此「天地」出版的蔡生著作，大多不分主題。為方便讀者選閱，我們將近二十年出版的蔡生著作重新編輯設計，分成若干主題，採用精裝形式印行，相信喜歡蔡生作品的朋友，一定樂於收藏。

天地圖書編輯部

二〇一九年

與蔡瀾同行

*金庸

除了我妻子林樂怡之外，蔡瀾兄是我一生中結伴同遊、行過最長旅途的人。他和我一起去過日本許多次，每一次都去不同的地方，去不同的旅舍食肆；我們結伴共遊歐洲，從整個意大利北部直到巴黎，同遊澳洲、星、馬、泰國之餘，再去北美，從溫哥華到三藩市，再到拉斯維加斯，然後又去日本。我們共同經歷了漫長的旅途，因為我們互相享受作伴的樂趣，一起享受旅途中所遭遇的喜樂或不快。

蔡瀾是一個真正瀟洒的人。率真瀟灑而能以輕鬆活潑的心態對待人生，尤其是對人生中的失落或不愉快遭遇處之泰然，若無其事，不但外表如此，而且是真正的不縈於懷，一笑置之。「置之」不大容易，要加上「一笑」，那是更加不容易了。他不抱怨食物不可口，不抱怨汽車太顛簸，不抱怨女導遊太不美貌。他教我怎樣喝最低劣辛辣的意大利土酒。怎樣在新加坡大排擋中吮吸牛骨髓，我會皺起眉頭，他始終開懷大笑，所以他肯定比我瀟灑得多。

我小時候讀「世說新語」，對於其中所記魏晉名流的瀟灑言行不由得暗暗佩服，後來才感到他們矯揉造作。幾年前用功細讀魏晉正史，方知何曾、王衍、王戎、潘岳等等這大批風流名士、烏衣子弟，其實猥瑣齷齪得很，政治生涯和實際生活之卑鄙下流，與他們的漂亮談吐適成對照。我現在年紀大了，世事經歷多了，各種各樣的人物也見得多了，真的瀟灑，還是硬扮漂亮一見即知。我喜歡和蔡瀾交友交往，不僅僅是由於他學識淵博、多才多藝，對我友誼深厚，更由於他一貫的瀟灑自若。好像令狐沖、段譽、郭靖、喬峰，四個都是好人，然而我更喜歡和令狐沖大哥、段公子做朋友。

蔡瀾見識廣博，懂的很多，人情通達而善於為人着想，琴棋書畫、酒色財氣、吃喝嫖賭、文學電影，甚麼都懂。他不彈古琴、不下圍棋、不作畫、不嫖、不賭，但人生中各種玩意兒都懂其門道，於電影、詩詞、書法、金石、飲食之道，更可說是第一流的通達。他女友不少，但皆接之以禮，不逾友道。男友更多，三教九流，不拘一格。他說黃色笑話更是絕頂卓越，聽來只覺其十分可笑而毫不猥褻，那也是很高明的藝術了。

過去，和他一起相對喝威士忌、抽香煙談天，是生活中一大樂趣。自從我試過心臟病發，香煙不能抽了，烈酒也不能飲了，然而每逢宴席，仍喜歡坐在他旁邊，一來習慣了，二來可以互相悄聲說些席上旁人不中聽的話，共引以為樂，三則可以聞到一些他所吸的香煙餘氣，稍過煙癮。蔡瀾交友雖廣，不識他的人畢竟還是很多，如果讀了我這篇短文心生仰慕，想享受一下聽他談話之樂，未必有機會坐在他身旁飲酒，那麼讀幾本他寫的隨筆，所得也相差無幾。

*這是金庸先生多年前為蔡瀾著作所寫的序言，從行文中可見兩位文壇健筆相交相知之深，相信亦有助讀者加深對蔡瀾先生的認識，故收錄於此作為《蔡瀾選集》的序言。

目錄

一、七老八老

二、魚齋主人

三、旅行團人物誌

一、七老八老

和查先生吃飯

「我和蔡瀾有很多同好，吃則完全相反。」查先生曾經那麼說。

查先生大方，曾經邀請我歐遊數次，有一回在倫敦，我建議到黎巴嫩菜館，吃了生羊肉，各類香料用得很重的菜。查先生微笑地陪伴着，坐在露天茶座，天氣熱，額上流汗，不舉筷也不作聲。當時我見到了真是不好意思，從此一塊吃飯，不敢造次，永遠是由他決定吃些甚麼。

查先生為江浙人，當然最愛吃江浙菜。廣東菜也能接受，但只點大路的，像蒸魚、炸子雞等等。北方人的酸辣湯，也喜歡。

粵菜館來來去去是那幾家，港島香格里拉酒店的，或者國際金融中心的，吃慣了較為安逸。

至於日本料理，會來金槍魚腩，兩塊海膽壽司，一大碗牛肉稻庭麵，鐵板燒也經常光顧。

說到牛肉，可是查先生的至愛，西餐店的一大塊牛扒，吃得不亦樂乎。每回，都是查先生埋單，有時爭着付，總會給查太太罵。總過意不去，但有一次，倪匡兄說：「你比查先生有錢嗎？」

說得我啞口無言，只好接受他們的好意。

查太太一直照顧着查先生的飲食，年紀大了，醫生不讓吃太甜。這剛好是查先生最喜歡的，我每次和他們吃飯，買了數瓶意大利 MOSCARTO D'ASTI 甜葡萄汽酒孝敬，查先生喝了對味，查太太也允許，就不再喝我們從前都喜歡的單麥威士忌了。記得當年一起吃飯，都愛叫一杯，查先生只在中間加了一塊冰，拔蘭地倒是少喝的。這點與倪匡兄又不一樣，他只喝拔蘭地，不懂得威士忌的樂趣。

席上，倪匡兄總是坐在查先生一旁，他們兩位浙江人嘰哩咕嚕，大家記性又好，把三國水滸人物的家丁名字都叫得出來。

常客之中有張敏儀，她也最崇拜查先生，每次相見都上前擁抱他老人家一番，才得罷休。也知道查先生最吃得慣江浙菜，常在上海總會宴客。那裏的菜已不用豬油，但火筒翅是這酒家創出的，又香又濃，查先生喜歡，查太太與我則注重環保，不嘗此味。

燻蛋也做得好，查先生喜愛的是飯後的八寶飯，煎過的最佳，一定多吞幾口。

也不是所有的上海菜都合老人家胃口，曾經到過一家老字號，做出來的都走了味，查先生發了脾氣，從此我們就不敢建議到那家人去吃了。

也有一回來了幾個國內的名廚，表演淮揚菜，大家吃過之後你看我我看你，最後查太太帶我們轉到那酒店的咖啡室，叫了幾客海南雞飯，查先生吃了才笑了出來。

每到一處，總有酒店經理或聞風而至的書迷，帶着金庸小說來請查先生簽名，老人家也來者不拒。興之所至，還問來者之名，用來題上兩句詩，這種即興的智慧，更令大家佩服到極點。

「天香樓」還是最信得過的杭州菜館，查先生進餐地點大多數集中在他居住的港島，不大過海來吃。但「天香樓」是例外，每次去，都叫老夥計——外號小寧波過來點菜，查先生如數家珍：馬蘭頭、鴨舌、醬鴨為前菜，接着是煙熏黃魚，或熏田雞腿、炸鱔背、鹹肉塌菜、龍井蝦仁、西湖醋魚、東坡肉、富貴雞、雲吞鴨湯。

正在等上菜時來杯真正的龍井，啃白瓜子，食前上一碟醬蘿蔔，也極為精彩。這裏的紹興酒一流，查先生就不喝洋酒了。

吃得飽飽，最後上的酒釀丸子，裏面還加了杭州少有的草莓，色澤誘人，酒糟味濃，可口之極，查先生愛的，都是甜。

到了夏天，查先生最喜歡吃西瓜，我也冒着被查太太責備的危險，從北海道捧了一個特大的，全黑色，打開了鮮紅，是西瓜之王，查先生也很乖，只吃幾小塊。

秋天的大閘蟹，當然也吃，常在家裏舉行蟹宴，查太太一買就是幾大籮，她本人也極為喜歡，但為了給查先生增壽，戒食之，拼命勸人多來幾隻，自己不動。查先生其實對大閘蟹也只是淺嘗，喝得多的，是那杯加糖的薑茶。

一次剛動過小手術，查先生在家休養，鹹的當然是一點也不能碰，每天三餐，只吃不加鹽的蒸魚，有日夜三更的護士照顧之下，身體復元得很快。

差不多恢復健康時，照樣不准吃甜品，查先生偷偷地把一小條朱古力放進睡衣口袋，露出一小截來，給查太太發現了沒收。甫入睡房，查先生再從護士的皮包中取出一條，偷偷地笑着吃光。

悼甘健成兄

我們那輩，不管年紀大小，總以某某兄稱呼對方，我一向叫鏞記老闆甘健成為健成兄，連店裏的夥計也那麼稱呼他。

做了國際聞名的餐廳老闆，當然有個老闆樣，健成兄比我小幾歲，樣子則穩重得多，我也以他為長輩敬之。兩人之交數十年，在二〇〇一年五月二日的《壹週刊》中寫過一篇他的事蹟，叫〈燒鵝先生〉，蘇美璐做的插圖，有健成兄父親甘穗輝的肖像，頗為傳神，健成兄表示很欣賞那幅畫。

老先生去世後，我千方百計找回原圖，鑲好鏡框後雙手送上，健成兄頗感動，把畫掛在老先生生前喜歡坐的那張桌旁邊，以誌紀念。

當今連健成兄也走了，我再為文追悼，盼蘇美璐另作一畫，鏞記後人有良知的話，應當再掛於壁上。

喪禮在香港殯儀館的大堂舉行，董建華、曾蔭權的花圈送到，其他友好的，擺滿禮堂，排到街外，可見健成兄的人緣之廣。

老夥計們安排我扶靈，當然不回絕；要我在靈前說幾句話，我腦海極為混亂，都是健成兄與我之交的點點滴滴，就從他的願望開始吧。

有了家庭糾紛之後，健成兄第一個找我商量，說不足為外人道，一直流淚。我拍拍他的肩膀，建議不如和我一齊環遊世界一周，到處欣賞美食，忘掉不愉快的事。

健成兄點頭答應，但他繼續每天親自招呼客人，我想，基本上他是一個很愛人類的長者，只有在食客當中找到歡樂，才有那麼多人惦記着他吧？

另一願望是在海外開發鏞記分店，有一外資機構在上海灘最好的地點上想請他過去。為了此事，也和健成兄走了一趟上海，公事之餘，我們到每一家我喜歡的餐廳找東西吃。

去了一間很簡陋的菜館，叫「阿山」的，剛好門口有位老者，抓了一隻野生山瑞來賣，叫價非凡。店裏夥計本要把他趕走，我們阻止，並即刻買下。

請老廚做了一個濃油赤醬的紅燒山瑞，吃得非常滿意，健成兄說我們是有福之人，返港後也常為此事津津樂道。如果能與他多往海外旅行，必定有更多的收益，因為健成兄是一位真正懂得美食之人，比起他，我們這些所謂的食客，簡直微不足道。

他對於每種食材都作很深入的研究，並熟悉古今做法，我做電視節目時與他多番討論，並一一記錄，留下給後代的有心人作為參考。

單單是一道紅豆沙，鏞記的倉庫中每年都得囤積數十公斤陳皮，一年復一年地收集，才不至於斷貨。店裏的紅豆沙有了這些陳皮，賣出名堂，傳說一碗賣五百港幣，事實上，只賣幾十元。我去了，他由辦公室中取出不知年的陳皮，笑說如果用這些，何止五百。

我們由燒鵝的製作開始錄影，所有過程拍得清清楚楚，大家都可以仿效，但是所用之炭，須來自馬來西亞的「二坡」，火力猛烈方能燒出原味。這些細節，能做到的話，就可由一個小小的大牌檔，做到建立一棟大廈，當然由老先生指導，但健成兄的功績是有目共睹的。

由燒鵝發展出的全鵝宴，有皇帝吃的鵝腦凍，還有鵝髻羹也是罕見的。再有全豬宴，有我們共同將《隨園食單》的「雲霧肉」重現出來。另有金庸小說內的「二十四橋明月夜」，整隻火腿挖出二十四個洞來填豆腐蒸出。

健成兄不但廚藝了得，文章也有一手，他以半古文的著作，集於《鏞樓甘饌錄》

和《鏞記名菜食譜》中。他收藏有許多前人的飲食著作，有何不明者即刻查閱，我們常向他討教，堪稱亦師亦友。

電視節目中，我們又記錄了失傳的名菜「龍躉皮炒龍蝦」、「米飯焗燒肉」等等，還有他拿手的「唇夾翅」。

也不只是名貴的食材才能做出好菜，「桂花炒津絲」其實是將最便宜的雞蛋炒成一粒粒桂花的形狀，加上最家常的粉絲。

吃喝並不一定是貴的，說到喝酒，健成兄和所謂酒徒一樣，到了最後還是喜歡威士忌，飲的也不是甚麼名貴的品牌，只是最普通的 THE FAMOUS GROUSE（著名松雞），因為招牌上有一隻小鳥，給健成兄叫作「雀仔威」，出了名堂。

有次將我們喝「雀仔威」的事寫成文章，說一瓶只有一百多港幣，報館編輯一定要把我寫的一百元，改成一萬多，說有甚麼理由他們兩人喝一百多一瓶的酒呢？

想念健成兄，想念他的菜，我閉上眼也能如數家珍，先來一碟皮蛋，是二十八天前做的，才有溏心。其他有「禮雲子蒸蛋清」、「清涼牛肉」、「金鑲豆腐」、「羊頭蹄湯」，等等等等，還不能忘記店裏的人為他做的「太子撈麵」。說到麵，有很多食客忽略的是鏞記的雲吞麵，麵條彈牙，雲吞包得有金魚尾，原汁原味，但被燒鵝蓋過，少人提及。

後期，在閒聊時，我們都說當今食材大量生產，或人工養殖，已越來越不像話，人們的性情貪婪的居多，這世界怎麼變得如此？唉，還是健成兄好福氣，菜不再做給俗人吃，到西方去，做給仙人吃。

七老八老

我那輩子的電影圈中人，當紅的不少，賺得滿缽，但因不善理財，老後生活清寒，甚為孤獨。

例外的是曾江和焦姣這一對，兩人都懂得甚麼叫滿足，雖非大富大貴，但過着幸福的日子。

曾江是我第一次來香港時認識的，我由新加坡飛到香港，買了冬天衣服後才乘船到日本，抵達啟德機場時由他來接機。當年他和第一任妻子藍娣正在拍拖，而藍娣的姐姐張萊萊又是家父好友，就請她們照顧我一下。

曾江長得是怎麼一個樣子？大家可由他拍的染髮膏廣告，或粵語殘片中看到。那廣告沒有合同，用了再用，一用幾十年，他身邊的兩個女子已不合時，以電腦特技換了幾次，曾江還是曾江。

最近和他們夫婦一塊旅行，時間多了，聊了不少往事。他右邊耳朵已不靈光了，左邊用了助聽器，說如果遇到合不來的人，就乾脆關掉，得一個清靜。不過遇到我這個老朋友，甚麼都問，他也不得不回答。

是怎麼和焦姣結婚的呢？焦姣人很斯文，也可以說是一位相當保守的女性，丈夫黃宗迅喜騎電單車，在一次車禍中死去，就一直守寡。曾江和藍娣離婚後娶了專欄作家鄧拱璧，她沉迷於粵劇，連他們女兒的名字也取為慕雪，就是仰慕白雪仙之意。兩人愛好不同，終於離異，這時遇上焦姣，開始來往；曾江也愛騎電單車，載上她郊遊，焦姣觸景傷情想起亡夫，大哭一場，曾江憐香惜玉，從此答應照顧她一生。

蜜月在美國度過，租了輛車，從東岸駕到西岸，一面唱着羅大佑的《戀曲一九九〇》，結婚至今，已二十多年了。

「那你把余慕蓮弄哭了，又是怎麼一回事？」我問。

曾江笑道：「劇本要求她親近我，但她介意，我說怕甚麼，親就親吧！結果她哭了出來，不關我事的。」

「又為甚麼被叫為躁狂症呢？」

「戲拍多了，知道有些錯誤的主張會走冤枉路，我一向有甚麼說甚麼，指了出來，沒想到年輕人自尊心那麼厲害，說我愛罵人，我也沒辦法呀。」他說。

「經驗是錢不能買的。」

「是呀。」曾江說：「你知道啦，演員除了演技，還要會找方位。這麼一來，走到哪裏，鏡頭就可以跟到哪裏，才不會有NG，周潤發和我到荷李活拍戲，把方位記得清清楚楚，導演一個鏡頭拍下，從不失敗。那邊的工作人員都驚奇得不得了，他們哪裏知道我們都是已經拍過上百部戲的人。」

「你一早就加入荷李活的演員工會是嗎？」

「唔。」他說：「在《血仍未冷》已加入，他們那邊把電影當成重要的工業，有完善的制度來保障演員。」

「是怎麼收費的。」

「看收入，最多可以抽你百分之三十。」

「嘩。」

「扣了就不必繳國家的稅了，也算便宜呀，今後的賬清清楚楚，賣了甚麼國家的版權，就交多少錢給你，這一點那一點，積少成多，我到現在每個月還有幾百美金的收入，保障一生，當成買糖吃，也不少呀。」

「每一個演員都能參加嗎？」

「要看你在電影裏的戲份，他們會來邀請你參加的。拍〇〇七那部戲，出入英美都是頭等機票，入住五星酒店，要吃甚麼就吃甚麼，牛扒龍蝦盡嘗。到了《藝伎回憶錄》，福利最好。」

焦姣那方面，最初在台灣加入電影演員訓練班，後來演出多部舞台劇，來了香港參加邵氏，拍的《獨臂刀》大家都有印象，她一直是位低調的演員，人緣很好，許多演員都得到她的照顧，至今還與他們聯絡，在海外的一來到香港一定找她。

「由少女演到母親，是甚麼心態？」我問。

「為了片酬，甚麼戲都接，沒有甚麼感想。」她說：「我和蕭芳芳同年，在《廣島廿八》那部戲中已演她的媽媽，也沒甚麼好說的，大家只是說我演得好，就夠了。」

我和焦姣聊個不停，問當年我們共同認識的女明星近況，她都能如數家珍，是一位電影圈歷史專家，有人要找資料，問她沒錯。

近年來，曾江還不停地工作，焦姣也偶爾演舞台劇，兩人生活方式獨立，曾江喜歡電單車的熱誠不減，去年在台灣參加了環島老騎士，駕了哈利，把台灣走了一圈。

偶爾，他們到九龍城街市買菜，我們相約在三樓的熟食檔吃早餐，曾江還是大魚大肉，焦姣就吃得清淡，飯後，他到木球會去打木球，她就打打麻將，是位台灣牌高手，很少人能贏到她的錢。

兩人有時也為了健康問題吵一吵，但最後曾江還是屈服，他偷偷地向我說：「幸虧有她，的確是位好太太。」

二〇一三年，曾江快要過八十大壽，焦姣也有七十了。七老八老，在別的夫妻身上看得到，但他們兩人，永遠年輕。

曾江八十大壽記

不知不覺，香港人看了幾十年的黑髮膏廣告中的曾江兄，以為永遠不老，但也八十了。

今晚由他太太焦姣安排，在九龍塘業主會擺了一席，前來的都是一開口就是四、五十年往事的好友，有我們最尊敬的王萊姐、遠道而來的江青、在國內工作特地趕回來的鄭佩佩、邵氏共事過的秦萍和張燕、在香港拍劇的岳華，另有位不速之客，在鄰桌吃飯的徐小鳳，也過來湊熱鬧。

我拿了筷子當麥克風，訪問曾江八十了，有甚麼感想？

「不覺得，我不覺得自己是八十。」曾江說：「我不接受。」

精力充沛的他，在大陸還有很多電視劇請他拍，但他還是念家，每次只肯去個五六天，就要回香港吃焦姣為他做的飯。最近，內地有個買了韓國版權的電視旅遊節目，叫《花樣爺爺》的，還請了曾江、秦漢、雷恪生，和演《三毛流浪記》的童星牛犇一齊到法國和瑞士去，叫了當紅的劉燁服侍他們三位老人家，給他們呼呼喝喝，好不威風。

八十歲的曾江，還能迷倒不少女性，她們都羨慕得不得了，向焦姣說：「你真好彩，有這麼一個好丈夫。」

「你們嫁他試試看！」焦姣放箭。

的確，曾江並不容易相處，這是因為他年輕時在外國唸書，一副鬼仔個性，想到甚麼說甚麼，聽到不愉快事就要開口攻擊，好在目前的聽覺已逐漸退化，想聽的話才聽，不想聽的一律扮聾。

和王萊姐的緣分來自曾江的第一部電影，叫《同林鳥》，是一部東方的羅蜜歐和茱麗葉，曾江拍完了戲就去美國讀工程設計了。

在邵氏年代，王萊姐和我最談得來，我這個小伙子最喜歡聽她說故事，講故人。在我的印象中，她是一位永遠賢淑、高貴的婦女，後來移民外國，近年才回來香港，起居有印尼家政助理照顧，生活得頗優閒。住香港就有這麼一個好處：可以請到工人，這是在國外得不到的福利。

江青和鄭佩佩兩人的感情最好，但個性完全不一樣。我佩服江青，是她已嫁人生子後，婚姻並不圓滿，她可以毅然放下一切，一分錢也沒有，就到外國去追求她的舞蹈生涯，編導過無數得獎的舞蹈作品，頗受外國演藝圈的重視，也接受了得過諾貝爾獎的瑞典籍先生的追求，遂定居該地，在紐約和斯德哥爾摩兩地來往。

江青的先生過世時，好友鄭佩佩特地飛了過去，為往生者誦經，佩佩近年得佛教薰陶，除了致力培養兒女的藝術事業之外，也為佛教做了不少功德。

演藝圈都記得鄭佩佩的女俠形象，先是李安請她在《臥虎藏龍》中復出，跟着有無數的電視片集都請她，年輕的武術指導要求佩佩吊威吔飛來飛去，說：「佩佩姐，你行的！」

佩佩也忘記了自己年過六旬，點點頭就上去了，結果鋼絲斷掉，令她摔斷腳骨，挾着枴杖半年才恢復，說起這件事，我們這些老友都為她心痛，她自己卻若無其事，笑盈盈地繼續去拍她的武打戲。

答應過佩佩為她寫《心經》，我最近對草書的興趣大作，每天勤練，記得書法老師馮康侯先生說過，草書最難寫得好，大家以為那麼潦草，寫起來一定很快，其實最慢，要注意着墨，每寫數字，必得意在筆先，心裏有數，知道甚麼地方寫到墨枯了。

我會記住，等到書法更熟練時才用草書為佩佩寫一篇。

江青當今到處旅行，和好友去紐澳狂歡，也在翡冷翠住上幾個月，我們談起廣場中那檔賣牛雜的，大家口水都流出來。和江青，可以聊上幾天幾夜都不疲倦，藝術生涯中，她結識了數不完的傑出人物，這都在她的書《影壇拾片》和《故人故事》二書中出現，很值得一讀，書店上難於找到，可以在網上訂購。

岳華還是大醉俠一名，早年移民加拿大，最心痛的女兒嘟寶已經嫁人，定居於美國邁亞密，每天還是要通一兩個電話，太太恬妮今晚去做義工，沒來。她也信奉佛教，非常熱心。

近來岳華回流，在TVB拍不少片集，前幾年身體還是胖的，最近注重健康，消瘦了許多，人也年輕起來，拍的廣告大頭照在過海時常見，是賣假髮的。

想起四十年前，我們各做了一件長袍，一齊到尼泊爾旅行，引致當地反華的西藏喇嘛，團團包圍住，眼露敵意，我們都說自己是日本人，逃之夭夭。

秦萍和張燕，當年還是邵氏新星，加上了邢慧三人，一起被派到東寶歌舞團到日本留學，我是邵氏日本公司代表，公司要我照顧，但也沒做到。秦萍的兒子過幾天就要娶媳婦，張燕也是富家少奶奶，只有邢慧命最苦，在美國神經錯亂，把她母親的頭顱砍下，抱回家裏，坐了幾年牢後放出，終客死異鄉。

徐小鳳的樣子一點也不變，正與工作人員開會，準備在大陸開演唱會，問說是用國語唱還是粵語唱，她說一半一半吧。

當晚大家聊得高興，酒也喝了不少，我又拿起筷子扮記者，訪問曾江和焦姣：「你們結婚多少年了？」

「十幾年。」曾江回答。

「哪止？二十幾年了。」焦姣說。

曾江笑道：「說十幾，才顯得你更年輕嘛。」

對的，真好彩，有這麼一個好丈夫。

希邦兄

我有一位好友，叫曾希邦。大我十幾歲，一直以希邦兄稱呼，聽起來像是幫兇，有點滑稽，他的英文名譯成 Tsang Shih Bong，叫起來像法國小調 C'est Si Bon，他也常叫自己 Si Bon-Si Bon，很好，很好的意思。

初見希邦兄，是當年他也在我父親任職的新加坡邵氏公司上班，做的是翻譯工作，如果說中英文的造詣，希邦兄是星洲數一數二的人物。

後來報館請他當副刊編輯，我還在讀中學，用了一個筆名，膽粗粗地投稿，數篇散文被選用了，拿了稿費就到酒吧去作樂。遇到了希邦兄，他驚奇地反應：想不到是你這個小子。從此來往就更多。

一天，他告訴我要結婚了，請我去喝喜酒，記得新娘子非常之漂亮，喝得大醉，上前求吻。

隔了一晚，他太太跑了，後來才知道這是小說中才出現的劇情：她的情人是一個黑社會人物，說不跟他走的話，會殺死希邦兄。當然，那時候他是不知情的，造成的感情傷害，多過失去生命。

從此在夜總會和舞廳中更常碰到他，為了避免談起此事，我向他聊起其他事。當時我的影評寫得越來越多，有個電影版，要我去當編輯。我哪知道怎麼編？就一直求他教我，希邦兄從排版的一二三細心地指導，第一版出現了，與其說是我編的，其實完全是希邦兄的功勞。

那時候，我又與幾個好友搞攝影，見他愁眉不展，勸他一起玩。這一次，玩得興起，在他的公寓中開了一個黑房，我們一起沖洗菲林，買 Hypo 定影液印照片。定影液要保持溫度，新加坡天熱，只有放進雪櫃，他的不夠大，我們各人都貯藏在自己家裏的冰箱中，友人的父親半夜找飲品喝，差點毒死。

到了出國留學的年代，希邦兄與我的書信不絕。隔了數年，知道他在親友的安排下相親，娶了現在的太太，是位賢淑的女士，後來還為他生了兩位可愛的女兒。大女生下後要取名字，希邦兄一向不從俗，就給她取了一個單名，叫燎，燎原之火的燎，加上姓曾，更有意義。

多年的報館生涯之中，他翻譯的外電稿，文字簡單正確，所取之標題，也字字珠璣，並非當今報紙的水準可以追得上的。

不過，希邦兄的性格也嫉惡如仇，當時有個不學無術的總編要改他標題的一個字，鬧得希邦兄與他差點大打出手，結果當然的是被辭退了。希邦兄想起此事，說找不到其他工作，差點餓死。

上蒼沒有忘記照顧有學問的人，這些年來希邦兄不斷地著作，寫了《黑白集》、《藍蝴蝶》、《消磨在戲院裏》、《浪淘沙》等散文集和小說。退休後，又有舞台劇《夕陽無限好》，翻譯作品有《和摩利在一起》、《古詩英譯十九首》和《鄭板橋家書》等等。最後一本，由天地圖書出版，叫《拾荒》。

希邦又對書法有濃厚的興趣，以他的字跡來看，受顏真卿影響頗深，他說過顏魯公的《爭坐位帖》，是集合了行草楷的大全，為登峯造極之作，如果大家覺得顏體只是招牌字，那就大錯特錯了。

我四十歲時，有幸拜馮康侯先生為師，知道希邦對書法的喜愛，我將向馮老師學到的一點一滴，用毛筆在宣紙上寫信向他報告，一方面多一個人討論，一方面寫了一遍，對書法的認識印象更深。

那麼多年來，我一去新加坡，必定和希邦兄促膝長談，說起我在《明報》和

《東方》的副刊上開了專欄，兩家報紙的題材，想起來頗為辛苦。

希邦兄即刻把我從前寫給他的信寄了給我，好幾大箱，加上家父的書信來往，我得到了兩個寶藏，題材滔滔不絕，再也不愁寫不出東西來。

時間一跳，來到希邦兄的晚年，兩位女兒亭亭玉立，家庭生活也頗為溫暖。以希邦兄的個性，要交朋友不易，雖說也有數位敬佩他學問的人來往，究竟老了，也有覺得孤寂的時候。

這四五年來，我學了上微博，一種中國式的 Twitter，我每天利用一些本來浪費掉的時間，比如早起思想模糊，看電視新聞賣廣告時，我都利用來解答網友們的問題，玩得不亦樂乎，粉絲也增加至八百多萬人。

我極力推薦希邦兄也上微博，起初他還有點抗拒，後來他說當自己是老舍的《茶館》中的一名客人，自言自語，試試看吧。

每天，他發表三條的微博，講翻譯、談人生。微博也不全是一般人士參與，其中做學問的頗多，也都漸漸喜愛上希邦兄的文字，他叫我為他在微博上取個名字，我說他就像一位古時代的老師，無所不懂，就叫「老曾私塾」吧。

這幾年來，我看他的身體逐漸轉差，好像知道時間已不多了，就鼓勵他一起去旅行，兩老到了檳城，專程去見一位每天和他交談的網友，聊得高興。

終於，由他女兒傳來的消息，說他在我生日的八月十八號那天逝世。我人在南美，趕不及去拜祭，早前，我又在微博上發了一段消息，說我要去新加坡，將代各位喜歡和敬仰他的網友們，在曾希邦先生墳上上一炷香。

相信在下面的希邦兄，看到那麼多人都懷念他，也會微笑一下吧。

《回首一笑七十年》序

六十年代末期，我在日本半工讀，擔任邵氏機構的駐日本代表。一天，公司來telex（這種通訊方法相信當今的年輕人聽都沒聽過），說有三個香港女子要來東京，讓我照顧，我可真的不知道如何「照顧」法。

第一個是鄭佩佩，第二個是吳景麗，第三個是原文秀。佩佩當年紅極一時，不用介紹。吳景麗是片廠中的演員訓練班學員，而原文秀則是原文通的妹妹，和佩佩在台灣拍拖的那個人，後來也成為佩佩的夫婿。

安排了她們三人的住宿和芭蕾舞學校，之後便帶她們去吃喝喝（當年已拿手）。和我們一齊去的還有我日本大學的一位同學叫王立山，山東人，日本華僑。大家都年輕，拼命認老，我叫他老王，他叫我老蔡，佩佩從此也學他叫我老蔡，至今真的是老蔡了。

和她聊天，發現是一個很有抱負的女子，我們都很有理想，很談得來，就成了好朋友。三人學成回去，我到香港述職時，佩佩一直陪着我，當年的狗仔隊未流行，在八卦雜誌中也未出現過佩佩未婚夫的照片，有記者見到，還以為我是原文通呢。

回到日本，我學的是電影編導，香港電影來日本拍外景的工作，也自然而然地由我負責起來，又和佩佩見了面，當時她是來拍《金燕子》的外景。張徹一心一意地想拍性格剛強的男人戲，金燕子這個角色由胡金銓的《大醉俠》承傳，本來應該寫她的，但劇本逐漸改動，戲變成放重在白衣武士的王羽身上，佩佩向我暗暗訴苦，我也曾經向張徹提出，我的權力不大，當然不受理會，無可奈何。

後來羅維又和佩佩來日本拍雪景，是一部叫《影子神鞭》的戲，羅維是大導演，在現場躲了起來，文戲叫副導拍攝，打戲交給武術指導，我年輕氣盛，認為導演不在現場，就像戰士拋棄了武器，和他吵了起來，差點給羅維當年掌握大權的太太劉亮華炒魷魚，佩佩做和事老，香港方面又不允許，才保了下來。

七〇年大阪舉行世界博覽會，我去拍紀錄片，在美國館中展示了最有權威的雜誌《Post》中名攝影師所拍的世界最美的女子一百人，中間有張佩佩的黑白照片，長髮浸濕，雙眼瞪着鏡頭，的確是美艷得驚人，記憶猶新。

七一年佩佩退出影壇，嫁到美國去，我們還一直保持書信聯絡，她的字跡，完全不依常理發牌，字忽大忽小，一個字可能佔了數行，也許只有我看得懂，哈哈。

在美國，她當了一個賢妻，為原文通生了一個又一個的女兒，但原家希望有個兒子，佩佩不斷地生，我們這些老友都說夠了吧，夠了吧。終於，生了個兒子，大家都替她舒了一口氣。

在美國的那些年，只知道她頂下一家人的生活，又去做甚麼電視的小節目，又去教人跳舞，再是做甚麼地產經紀，沒聽過她先生做點甚麼。

又一年，她說先生要經營雜誌攤，要我在香港寄刊物給她們去賣，我當然照辦，長時期運了不少過去，但後來也沒有了聲息。

有一次，我去了加州，佩佩也老遠跑來見我，兩人在友人的游泳池畔聊至深夜，年輕時大家想做的事，和現實生活中還是有距離的。

後來我們書信在不知不覺中疏遠了，聽到她和夫婿離婚的消息，經過一段長時期，永遠有無窮精力的她，又回到香港來了。

我們又見了面，這時她篤信佛教，大概也只有宗教可以解答她人生的困擾，佩佩一身教徒的簡衣便服，真是有「尼」味，後來更是居住在佛堂中去了。

在一個電台節目之中，我們兩人為嘉賓，聽到她發表的宗教理論，也不是我這個又吃又喝的凡人可以理解，只是默默地祝福她。

在李安的《臥虎藏龍》中又見到了她，佩佩很安然地接受反派的，也不在乎年老的角色，這是她一向敬業樂業的精神，電影得到認可，要佩佩拍的戲也越來越多了。

忽然在報紙上看到她摔斷了腿，為甚麼這些悲劇，出現在娛樂版上呢？真為她心痛。這個人就是那麼剛強，年輕武行沒有拉威吔的經驗，拼命叫佩佩姐，上吧，上吧，她就上了，唉！

一生，好像是為了別人而活的，最初是她的母親，一個名副其實的星媽，幹勁十足，後來又為丈夫，到現時還不斷為子女。佩佩像她演的女俠那麼有情有義，胡金銓導演在加州生活時的起居，他死去了的後事，她都做得那麼足。殺母後捉着頭顱到處跑的邢慧，在美國被判刑後，佩佩為她四處奔跑，又常到獄中探望。兩人在邵氏期間不是很熟，只是個同事，佩佩也做盡身為香港人、為香港人出的一分力量，實在是可敬的。

現在，她要出書，我起初是拒絕她的要求寫序的，因為可能涉及一些她不愛聽的往事，佩佩在微博中回覆我：「你愛怎麼說都行，都一把年紀了，有幾句真心話能聽到呢？」此為序。

重逢劉以鬯先生

家父愛讀書，閒時吟詩作對，跟了邵仁枚邵逸夫兩兄弟到南洋找生計，還是不忘文藝，在當地結交的也多數是中文底子極深的好友。

其中一位叫許統道，收藏之書籍更是驚人。知道當年作家們生活貧困，還不斷地寄錢寄藥。其他朋友，雖然多是商人，談起詩詞來也眉飛色舞。

這群人聚集，偶爾也做通俗的事：打打小麻將，來打發沒有四季的日子。今天來了一位貴客，也來玩幾手，那就是在文壇鼎鼎大名的劉以鬯先生。

受家父影響，我也從小愛書。報紙當然每天要讀，最喜愛的是副刊，而看到了就如獲至寶的是劉以鬯先生的短篇小說，對這位作家崇拜得不得了。

劉先生坐在麻將桌之前我想上前去和他握握手，但有個人一下子把我推開，抬頭一看，是一個叫姚紫的，他也是家中常客，寫過一兩本小說，但是與我心目中的小說家形象完全不同，這個姚紫一點也不紫，是發黑，臉黑手黑，鬍子和臂毛，都長滿了。兩顆西瓜刨般的門牙，中間那條縫把它們分得極開。

「劉先生，您好，您好。」姚紫興奮地叫了出來。

劉以鬯先生也叫了出來：「別那麼大力！」

「？」姚紫愕了一愕。

劉先生繼續語氣不慍不火：「我是靠手維生的，你那麼大力握，握斷了骨頭，可要向你算賬。」

這時大家都笑了出來，我更加佩服劉先生了。

看他打牌也是一件樂事，打到中途，報館來電話，找到我家裏，他接聽之後就叫我這個小弟弟替他搬來一張小桌子，拿出稿紙，等人發牌時就把它當成縫紉機，不斷地織出文字來。

長大後，就一直沒再見過劉先生了，他的書，像《酒徒》、《寺內》、《對倒》等等，一本本看了又看，如痴如醉。

後來，我自己也賣文字，都是一些遊戲之作，精神上極受劉先生影響，讀劉先生的短篇，很像奧亨利，時有預想不到的結局。

從此也學習了這個寫作的傳統，要到最後一句才說出主題，我的讀者們也喜歡，常問我說英文有 Punch Line 這個字眼，中文呢？我半開玩笑地說：「叫棺材釘好了。」

劉先生的這一類短篇，在南洋時寫得最多，當年我也一篇篇從《南洋商報》剪了下來貼成一本，可惜多年來遺失了，一直想重讀，也一直沒有機會。

來到香港定居，經常想念劉先生，但我們這些遊戲文章的執筆人，與香港的純文學圈子無緣，幾十年下來，也沒見過劉先生。直到最近，做電子書的傅偉強和杜沛櫟來電，說約了劉先生，問我有無興趣見面，我欣然前往。

劉太太羅佩雲扶着劉以鬯先生來到，兩人依然有才子佳人影子，一坐下來，我問劉先生今年貴庚。

「一百歲。」他說。

劉太太笑着：「劉先生一九一八年出世，還沒到，他總喜歡說個總數。」

當晚吃的是粵菜，劉先生是上海人，一定想吃些正宗一點的滬菜，我約了大家再去土瓜灣美善同里的一家叫「美華」的菜館，這裏做的蛤蜊燉蛋，還是很正宗的。

見面時劉太太拿出劉先生的《熱帶風雨》送給我，令我喜出望外，在南洋發表的那些短篇小說全部集齊，由獲益公司出版，這是劉太太花了多年的心血，和多少個不眠不休的晚上，從舊稿中一篇篇地集合起來的。

更可貴的是在內頁之中，看到劉先生在一九五二年攝於新加坡的舊照，樣子絕對比梁朝偉英俊，也有劉太太一九五五年穿着馬來沙龍的照片，我見到她時心中已大讚她年輕時一定是位大美人，證實了我沒看錯。

「結婚多久了？」我問。

「就快鑽石婚，六十年。」劉太太答。

這些年，劉先生的生活都多得這位賢淑的太太照顧，他自己埋首於寫稿和他的興趣裏面。玩些甚麼？郵票呀、砌模型呀、收集陶瓷呀。劉先生發揮了一邊打麻將一邊寫稿的本領，寫寫稿也可以一邊把模型砌好。甚麼模型？火車的那種，車軌旁邊有房屋、山洞、營帳、駐軍，一切照原尺寸縮小，異常地精密。

郵票呢？有買有賣，賺了不少錢，劉先生說。也許他們在太古城的房子就是那麼買的，當年就算寫多少稿，也不容易儲錢。至於陶瓷，劉先生已把普通的出讓了，留下石灣最精巧的，其中一個公仔，還是倪匡兄送的。

還沒有到無所不談的階段，但我也繞個圈子問劉太太：「劉先生當年愛慕他的女人可真多，顧媚在自傳中也坦白承認過。」

「那個年代的劉先生，怎會沒有女人喜歡他呢？既然說劉先生是心愛的人，就不應該把以前的交往當宣傳。」

最後還是不管三七二十一地問了：「劉先生在結婚之後就沒拈花惹草嗎？」

劉太太笑了：「這麼說吧，我的命好過倪匡夫人。」

後記：《熱帶風雨》還沒有電子書，海外讀者若有興趣購買劉先生的《酒徒》、《打錯了》、《對倒》和《一九九七》，可到 Apple App Store 下載 Dreamobile Ltd 的「愛讀書」。

紐約的張文藝

我在每一個大城市都有一個好朋友，他們一定對這個城市有很深厚的感情，徹底知道這地方的每一個角落，每一點一滴。在和他們的交談之中，你要盡情地吸收他們對這個城市的愛，將他們的城市，變成你的城市。

如果你很幸運的話，去紐約，和張文藝逛街，他便會把每一座大廈，甚至每一棵樹的歷史清清楚楚地講給你聽，古語中的如沐春風，便是這種感覺。

張文藝是誰？有些人會說他是張艾嘉的叔叔，而在我眼中，一直認為張文藝的姪女是張艾嘉。他們兩人的感情已經是父女關係，這一點張艾嘉為他的新書《一瓢紐約》的序中，也是那麼說的。

那時候我在邵氏，李翰祥找張艾嘉來演賈寶玉，知識分子的艾嘉問我好不好？她自認還沒有資格，我回答說當一名演員，任何角色都要爭取，任何經驗都是可貴的，結果她把戲接了，成績正如她自己所料不如理想，但在她的演藝生涯中，也的確是一個難忘的踏腳石。而張艾嘉回贈給我的禮物，就是把張文藝介紹了給我。

張文藝的家，在紐約的百老匯大街一頭，走出去就是唐人街，再遠一點可以步行到富爾頓魚市場，紐約是一個可以走路的都市，我們兩人不停地走。

「在這裏拍了《Ghostbusters》。」他說，數不清的大廈，說不完的電影名稱，我感到異常地熟悉，電影中的情景，不斷地重疊。

累了，停下來喝一杯，張文藝最喜歡喝威士忌，偶爾也愛伏特加，他帶我到大中央蠔吧，在大中央終站地下，我們一碟碟的生蠔吃個不停。我們的伏特加一杯杯乾個不停，他又說紐約人喝伏特加，照足俄國人傳統，是把整瓶酒凍在冰格中，淋上水，讓酒瓶包上一層厚冰，倒出來的酒，像糖漿一般的濃稠。

有時，我們乾脆不出門，在他家客廳天南地北地聊天，他太太也常好奇地說：「文藝的外地朋友極多，來到紐約總是四處跑，從來沒有一個像你一樣喜歡留在客廳裏的。」

張文藝的客廳，這麼多年來，集中了無數的文人騷客，包括高陽、費明傑、林懷民等等，我們共同的好友丁雄泉先生住紐約時也是他家常客，後來的內地藝術家畫家也沒有一個不去過。

記得有一天，天寒地凍，我早上散步到唐人街，買了七八隻大龍蝦和一堆大芥菜，龍蝦殼燒爆，肉刺身，頭腳和大芥菜及豆腐熬湯，是豐富的一餐。

九一一之後，我便發誓不去美國，包括我心愛的紐約，因為過海關時的那種把遊客當成恐怖分子的態度，我是受不了的，也不必去受。

張文藝反而來香港來得多，每隔一兩年，他總會來東方走走，雖然紐約是他半個世紀以上的第二故鄉，東方的情懷和友人，以及食物，是他忘不了的。

每次來，我都帶他散步，香港也是個散步的都市，如果你懂得怎麼走。我們從中環走到西環，每一條街每一棟建築也都有名堂，他感嘆滙豐大廈的設計，他欣賞舊中國銀行的建築。當我們乘渡輪過海時，我向他指出，前面是一個曼哈頓，你回頭時，又有一個曼哈頓。

來香港，他最喜歡的，還是澡堂子，我帶過他去油麻地的那家，也去了寶勒巷的澡堂，師傅們用毛巾包成手刀，將身上的老泥都搓掉的滋味，不是紐約能找得到的，可惜近年來已絕跡。說回張文藝的樣子，他這幾十年來身材保持不變，永遠是那麼高高瘦瘦，從前還戴一個過時的大框眼鏡，最近才改了。

改不掉的是他那條牛仔褲，沒有一天換別的，這是他到了美國之後承襲的傳統，在他家的衣櫃中看到他的牛仔褲，至少上百條。

「這多半是因為我有幸（或不幸）一生都處在一個歷史的夾縫，我沒有做過任何需要穿西裝打領帶的工作。」他在書中說過。

一直在聯合國做事的他，有本聯合國護照，也被聯合國派到非洲長駐了三年，家中還擺設許多難得的部族工藝品。

張文藝帶過我去參觀聯合國，聯合國的每一個國家都在他們的館前擺一個代表性的工藝品，而中國的，是一個巨大的象牙雕刻，引起不少人的抗議。

前幾天張文藝又來香港，問他逗留多久？他說中間可能要去北京一趟，他寫的一本很另類的武俠小說《俠隱》，反響巨大，被姜文看中，買了版權要拍成電影，姜文要他去北京，聊聊劇本意見，張文藝說電影和小說是兩個不同的媒體，全權交給姜文去處理，但如果談當年的北平，他可以給一點服裝和道具上的資料。

出版《俠隱》的「世紀文景」工作非常認真，《一瓢紐約》也由他們出版，現在拿在手上看，的確是我見過的一本最好的內地版書，其中的照片由張文藝好友韓湘寧提供，彩色和黑白的都印刷精美，內容更像走進張文藝的客廳，和他聊聊紐約，聊得三天三夜，喜歡紐約的人，必讀。

亦舒的娘家

和亦舒相交數十年，她老死不相往來，非但我，連她哥哥倪匡也從不連絡。但很少人知道的，是亦舒在香港還有一個娘家。

亦舒的書幾乎全由天地出版，連她早期在環球和博益的，像《女記者手記》、《銀女》等，也全由天地重新再版，最齊全。

「天地圖書」由李怡創辦，後來被陳松齡和劉文良接手，從一九七九年開始出版亦舒的書，至今已有三十多年。時光飛逝，到二〇一六年，天地已四十週年了，而亦舒小說的第一〇〇本《滿院落花簾不捲》於一九八九年出版，第二〇〇本《如果牆會說話》於一九九九年出版，第三〇〇本《衷心笑》在二〇一六年出版，是件可喜可賀的事。

三百本書，多不容易呀，其他作者有哪一個像她那樣多產？說起來容易，要做到難如登天，這完全是因為亦舒寫作有異常的規律，每天早上寫幾個小時，中午吃飯停下，下午又繼續，那麼多年，從不間斷，也從不脱稿，週刊雜誌也不必催稿，她一交來就是一大卷，怎麼用也用不完。

三百本書之中，也不完全是小說，雜文輯成的也有，但佔一小部份，這次天地隆重其事，《衷心笑》還出版硬皮書，喜歡亦舒的人，快點去買一本來珍藏。

雖不來往，但他哥哥倪匡一說起她，也不得不佩服：「愛情小說來來去去，不過是男追女，或女追男，另一個男的或女的，出現了，就是一篇。我寫科幻還可以異想天開，她就是幾個男男女女，一寫幾百本，我服了。」

怎麼開始的呢？當年的李怡英俊瀟灑，有東方保羅紐曼之稱，十四五歲的亦舒，最愛流連在李怡的出版社「伴侶」，李怡引導她看《紅樓夢》，她一看數十次，背得滾瓜爛熟，有個人要問「雀舌」這種茶出現在書中哪裏，亦舒即刻回答第幾回第幾章第幾行，也曾經有人請亦舒寫《續紅樓夢》，給她一口回拒：「這種書，已沒有人會寫了！」

家父也愛讀《紅樓夢》，記得他每一次來港，一定給亦舒拉去，一老一小，兩人大談紅樓，不亦樂乎。

另一輯李怡介紹給她看的書，是《魯迅全集》。《紅樓夢》給她看，看得寫三百本愛情小說，但魯迅的文章一看，就看壞了，別的不學，學到魯迅的罵人，如果當年是我，我就會介紹她看魯迅的弟弟周作人，也許更適合她。

亦舒罵起人來，從不留情，香港文壇很多人都給她罵過，只有四個幸免，那就是金庸先生、李怡、她哥哥和我。

亦舒敗過在金庸手下，那是她向查先生要求加稿費時，查先生寫了六七張稿紙的信給她，解釋出版工作的困難，為甚麼不能加。如果這封信她還留下，那可以拿去拍賣，相信要加的稿費也能取回。

另一封珍貴的信，是我寫的。事關查先生生病要開刀，在遠方的她非常關心，我把查先生如何與病魔搏鬥的經過寫成短篇武俠小說，寄了給她，也有數十張稿紙，不過如果拍賣，就沒那麼值錢了。

那麼多年來，亦舒在她的散文中也偶爾提到我，這次由她的編輯阿芬影印了一疊交給我，雖然沒罵過我，但還是結怨甚深，她說記得小時候到小蔡房間去，看見他買的新電鬚刨，覺得有趣。陰險的他立刻將鬚後水、熱毛巾遞過來，意思是說：你剃呀，有種就剃給我看，年輕的我下不了台，氣盛，滿不在乎用那隻鬚刨在上唇磨來磨去，作剃鬚狀，刮得辣辣作痛，把汗毛扯得光光……

但此後汗毛再長出來，非常粗濃，不是沒有後悔的，真的甚麼都要付出代價。今年對鏡化妝，看到面毛，又想起小時的放肆。

這個題目，在她的雜文中不止一次，後來去拍照片時負責化妝的劉天蘭細細觀察後也說：嘴角略見汗毛，要漂染才妥……

我常寫餐廳批評，讀者們都懷疑我會不會煮，就算近來在網上，也被人家問同一個問題，這點我自己不再解釋，由亦舒的雜文中可獲證明。

在〈大吃大喝〉一文中，她說：「一次，小老蔡在家請客，做了大概二十個菜，飯後由利智、劉天蘭、顧美華和我四個人蹲在廚房洗碗，亦洗了個多小時……」

另一篇〈風流〉，她說：「在電視上看到蔡瀾在黃永玉家表演烹調技術，他穿長袖白恤衫，腕戴積家手錶，正在做蘿蔔排骨湯；他煮的菜我吃過不少，自問並非美食家，可是也欣賞得到菜式中的款款情意……」

說回天地圖書和亦舒的關係，她說：「家裏但凡少了甚麼，都向娘家要。」雨前龍井喝光，稿紙用罄，想着那些書報攤說的急用藥物，都致電娘家，叫他們火急航空寄上，親友過境，亦由娘家代為招呼，請茶請飯，出車出人，面子十足，其實已無娘家，所謂娘家，只是出版社……」

亦舒移民加拿大後，金庸先生與我只見過她一次，從此她不露臉，當今，要問甚麼，也只有問她娘家了。

晨光第一線

當年，忙起來每天要寫七篇五百字的專欄，一星期一篇雜誌的食評，另一篇兩千字的散文；做了電視的美食節目之後，還有很多讀者不知道的，那就是每星期一次的電台節目，名叫《晨光第一線》，在香港電台第二台直播。

這是香港電台的王牌節目，從一九八五年開始，至今三十年，最先由徐懷雄和車淑梅主持，徐離開之後車淑梅一星期五天，由五個首席男主播配襯，計有鄭丹瑞、梁繼璋、伍家廉和倪秉郎，另一個叫韋家晴，對，你猜到了，就是陳志雲。

到了一九八六年，曾智華加盟，和車淑梅一起被稱為夢幻組合，一共做了超過一萬小時，兩人雖非夫妻，但聽眾也覺得是夫婦檔，節目內容包羅萬有：綜合新聞、娛樂、教育、財經和資訊，逢星期一至五，每朝六點到十點，為香港人製造輕鬆愉快的清晨。

多年來的主持也有曾淑儀、羅曼穎、何重恩、彭晴、侯嘉明、蔡敬雯、羅啟新、程振鵬、崔潔彤、白原顥、李燦榮、梁凱婷，最後還加了何嘉麗。

每星期有不同的「嘉賓」，我是其中一個，嘉賓可以談股票、醫療等等，我供應的吃喝玩樂，是被當年的台長張敏儀邀請過去的，一做，也做了十多二十年。

我和香港電台的緣分由三十年前開始，當時有個叫〈最緊要好玩〉的環節，由何嘉麗主持，早年她和區丁平、文雋、Winnie曾常在一起吃飯看電影，忽然有一天何嘉麗叫我去做電台節目，我要手擰頭，說千萬不可，我的廣東話，像廣東人說的一嚿嚿，口舌不清，發音不準，到底，我是一個南洋人，粵語只能勉強與人溝通罷了。

但何嘉麗一直鼓勵着我，叫我試試，要我每星期唸一篇我發表過的專欄，我還是死都不肯答應，她千方百計，說講幾句就行，結果，散文由陳志雲唸，我做註解，講了幾句寫這篇文章背後的故事。

節目很成功，散文有很多人喜歡聽，那是拜賜於陳志雲，他讀起來特別有感情，如果有一天錄音書能在香港興起，我一定請他來唸，他也答應過我做這件事。

後來，由幾句，發展成回答聽眾的電話，當年我寫過〈給年輕人的信〉的專欄，對一些感情問題總能給一針見血的評語，也就慢慢地把自己訓練起來。

說話一嚿嚿，就是國語的一塊塊，是因為我說得慢而形成，我嘗試講得快一點，越來越快，這個一嗜嗜的壞習慣也就一點一滴地改過來，不但能夠在電台獻醜，後來還跑去主持電視節目呢。

觀眾常問，我在《晨光第一線》講的內容，是否有稿？我這個人一向最討厭唸稿，連公開演講也不肯寫稿。上電視接受訪問時，主持人要把問題稿給我先看一看，我也拒絕，因為我一看到稿，人就僵住，不知說甚麼，而且預先知道問題，心中已有答案，一說出來，就完全沒有了新鮮感，所以可以肯定地回答：沒有稿。

那說些甚麼？有甚麼就說甚麼，最好了。他們經常打電話給我時，我正在菜市場買東西，這最妙不過，蔬菜水果雞牛羊，說個不停。

更多次的，是我在路上。旅遊已是我生涯中不可缺乏的一個部份，經常去到哪裏玩到哪裏，除非我在飛機上，那就做不了。有次主持人建議先錄一段音，但試過之後效果不佳，還是暫停一次，當我休假。

但是我還是盡量不讓節目中斷，在歐洲時時間顛倒，香港的晨早九點，是那裏的深夜三點，我還是會在兩點起身，讓自己清醒清醒，要不然忽然來電，腦筋不清楚，說出來的也讓人莫名其妙。

在陸地時還好，最多影響睡眠，到了海上，就呼天不應，叫地不靈了。坐在郵輪上，出了大海，信號中斷，那怎麼解決？

我的經驗是租強烈的手提通訊機，記得第一代是一個大水筒，接着一支大棍子，當然比ET的手指更粗大，在客艙中也是聽不到的，要跑到甲板上，用那手指對着天空和星星，才能做《晨光第一線》的節目。

租借費用不談，電話費更是可觀。你做節目，他們不給你錢嗎？有人問。一分錢也沒收到，倒貼的更多，早年，不管是打出去和接電話，都要收費，這完全由我自付，後來好了，只是打來那方給錢，費用減少了很多。

最大的歡樂來自聽眾的反應，小食店的老闆和肉販都會把我講過的內容牢記，遇到時再問幾句，我一一作答；但是，不管有沒有人，或者只要有一個人聽，我還是會照做，做到最好為止，這是我一向做事的宗旨。

不過宴席還是要散的，何嘉麗説她已經不再主持了，我也告訴自己總應該休息了，《晨光第一線》這節目將如何演變我不知道，總之已是一個時代的終結。

那麼多年來，節目開始時會播我們行內叫jingle的音樂和歌，等於是開場白，音樂一直變奏，歌詞是一樣的，很多著名的歌星都唱過，可惜電台沒有好好地保存下來。我自己也有自己的版本，閒時，不斷地出現在腦海：晨光第一線……

菊地

老友菊地和男又到香港來，這回是他受了一本雜誌的委託，要訪問亞洲的老饕，他說第一個就想到我。

菊地不但能寫，主要工作還是拍照片，到過世界各地探訪，還出版了很多本寫真集，像印度古城、英國茶具和未開發旅遊之前的錫金等等。

旅行帶來了廣闊的胸懷，身為日本人，批評自己國家的軍國主義幽魂不散，是一位不可多得的好日本人。

「下一站又要去哪裏？」我問。

「意大利都靈，那裏有一年一度的白松露菌節，順便去看看《粒粒皆辛苦》那部電影裏的種稻女郎。」

「施維亞．曼加奴要是在的話也都是老太婆了。」我說。一九四九年此片風靡全球，女主角豐滿的胸部，是當年罕見的性感，賣座的主要原因。

菊地也笑了：「現在耕田，都用機器了。不過我聽説那裏的稻田還有些女農夫，種出來的米又肥又大，比日本米還要肥兩倍，做出來的飯，才是真正的意大利飯。」

很嚮往跟他同行：「你出門之前一定做詳細的調查，那裏有甚麼好吃的東西？」

「聽説稻田裏還長着肥嘟嘟的鯉魚，當地人把白米裝進鯉魚肚子蒸來吃，味道好得不得了。」菊地説。

「你真行。」我羨慕：「雜誌社給錢你旅行，又到處找好東西吃。」

「這次我是自費的。」菊地説：「賺的錢都花光，到現在還是窮光蛋一個。」

「在記憶上你是有錢人，有許多富翁老了坐在輪椅上，一點好的回憶都沒有。他們有錢也不如你。」

菊地帶來了一位女翻譯員，也是個日本人，長住香港，廣東話説得極好，覺得我這句話挺有意思，筆記下來。

我書桌上有幾疊國內出版的雜誌《時代周刊》，菊地翻來看，有個梁詠琪的訪問和幾張照片。

「眼邊也有些皺紋了。」菊地感嘆。

女翻譯員記起：「當年你也替她拍過照片的，剛出道的時候。」

「這是沒有辦法避開的事實。」我說：「女人比男人容易老，不管她們花那麼多精神和金錢去買化妝品和修身。老還是老。」

「對呀。」菊地指着另一本雜誌上的鞏俐：「我十多二十年前也拍過她，那是她主演《紅高粱》的時候，可真是天下大美女，我叫她站在天安門前面，後面一隊解放軍，真是一幀好照片，但是現在，也變成一個BABAA了。」

BABAA，第二個BA字後面加了一個A，拉得長長地，是老太婆的意思。

那位翻譯員忽然靜默了下來，好像感到做女人很悲哀。

「能改變命運的，就是拼命學東西。女人變得聰明好玩，就不會老了。」菊地說。

這句話，翻譯員又記了下來。

做完訪問一齊去吃飯，菊地揹着很重的背包，裏面裝滿攝影器材，一手又拿着三腳架。他好節省，沒有請助手，但也不讓翻譯員幫忙拿東西。旅行中學到的英國紳士風度，粗重事不必女人代勞。

今年也有五十二歲了吧？菊地長着兩顆又黑又大的眼珠，留着長髮，綁成馬尾。這是他幾十年前已經固定的形象，不跟流行，從不改變。

「你自己有沒有一張最滿意的照片？」我問。

菊地回答：「我去了武夷山，看到一棵最老最大的茶樹，要跑到很遠才能把整棵樹拍下，我一按時間掣，再拼命跑回樹下，拍了幾次都來不及，差點心臟病死掉。」

我記得他出版的那本《中國茶之海》的攝影集，封底的那張作者照片，拍得甚有意思。

為了這本書，菊地對中國茶的研究加深，也愛上普洱。數十年前很便宜的時候收藏了很多紅印茶餅，當今放在辦公室的書架上，有朋友來到就泡來喝，毫不吝嗇。上次來香港我帶他去拍普洱專家堅哥。堅哥看了照片非常喜歡，送他很多珍藏品，我想他也照泡給友人喝。

「還有甚麼新書出的？」我問。

「有一本關於達賴喇嘛。」

「外國人出了很多，你那本有甚麼特別？」

「我專訪他對《心經》的看法。」

「這個角度不錯。」我說。

菊地興奮起來：「《心經》是用梵文寫的，漢字版都是翻譯和音譯的，不如梵文那麼原汁原味，由達賴口述，更是貼切。」

「對呀！」我說：「精短是《心經》的真髓。有些人註解起來比纏腳布還長，簡直翻成了一本書那麼厚，真是畫蛇添足。我也翻譯過，儘量短，越短越好。你訪問達賴時，他怎麼說？」

「達賴是位很幽默的人，他說《心經》幫助他了解很多事。最大的，是了解了對於《心經》，一點也不了解。」

菊地說完我們都笑了，握手道別。

悼申相玉

飛大阪的機上，看報紙，得知老友申相玉數天前逝世，傷心不已。

我二十幾歲那年認識他的，在亞洲影展。

當時的電影界，是黃金時代，亞洲的電影製作頭頭，像日本的五大公司：東寶、東映、松竹、大映和日活，與香港的邵氏、台灣的中影和韓國的申氏聯合起來，組織了亞洲影展，是一年一度的盛事。

亞洲影展在各個大城市輪流舉行，日本辦得最多，其餘的在台北、曼谷、吉隆坡、耶加達和今日的首爾，當年的漢城。與其說電影展，等於是大派對，各國分肥豬肉，大家有獎，評審員只是傀儡。我是新加坡代表，其實主要任務，是派來與各國的評判溝通，分配甚麼人得甚麼獎。

在漢城，招呼我的就是申相玉了。早年在東京藝術大學畢業，返國後當導演，一炮而紅，有金童子之稱，和最著名的女明星崔銀姬結了婚，成立申氏製片廠，製片多部，儼如電影大亨。

參展的片子，一說有點藝術性，必然死得人多，不是男主角就是女主角，或他們的兒女，都得甚麼肺癆、吐血之類的絕症。當年生癌，還沒有那麼流行。我曾經開玩笑說，與其叫為亞洲影展，不如以亞洲醫院稱之。

但是申相玉的電影不同，第一次看到的叫《夢》，說深山有間寺院，年輕和尚跟老師父修行。一天，美麗的公主和宮女來到朝拜，年輕和尚看得呆了，老僧見他動了凡心，罰他在小室中懺悔。小室建於兩座岩山之中，下面大浪沖天，單調的崩崩崩巨響之中，和尚昏昏入睡。

接是冒了生命危險，為公主爬上高山採下一朵紅花，又和公主私奔，躲入僻野生兒育女，但最後還是被皇帝派的將領追蹤到了，亂箭刺死。

一醒，和尚還是在小室裏面，做了一個夢，繼續和老僧敲木魚唸經拜佛。

申相玉的電影拍得非常優美，又富有禪味，的確與眾不同，我對他產生了無限的敬意。因為我們能以日語溝通，以後的港韓合作電影，很順利進行。

從前的戲，一遇到雪景，就去韓國拍，邵氏與申氏合作多部，由我監製。每次去，申相玉都派他的工作人員給我用，那是一群任勞任怨、從來沒見過那麼勤力的電影人。他們都崇拜申相玉，一休息，大家喝酒，就唱申相玉導演的《紅色圍巾》中那首主題曲。

那年代，生活在台灣和韓國的藝術工作者，都受政府管制，應付那些貪官，花的精力比在劇本上更大。韓國要買外國片，得自己製作多部，才有一片的配額。有鑑於此，申氏需要大量生產，由我湊合，申相玉派了一大隊工作人員來香港，製作甚麼戲都參與。他和我的接觸更加密切，兩人之間的友情越來越堅固。

一天，他的妻子崔銀姬在香港神秘失蹤，是申相玉告訴我她是被北韓綁架走的。那時候，他與崔銀姬的婚姻已有名無實，申相玉在外面和一個小明星有了孩子，但沒對不起老伴，為她萬分焦急。

在南韓，申相玉有許多電影界的敵人，他們都乘機攻擊他，說他與北韓私下有交易，才會發生此等事。政治局不斷來調查申相玉的行蹤，逼得他走投無路。

我們一齊喝通宵。凌晨，他說永別時候到了，我們互相擁抱。傳說中，申相玉也是被北韓綁走，但是我的推測，是他自動前往，看看是否可以把老妻救出。

之後，就一直沒聽到他的消息，南韓謠言紛紛，我一打聽申相玉這個名字，大家都啞口無言，怕被政治局拉上關係。那個和他有孩子的小明星，據說也因生活困難，要以賣淫為生，我多方想在經濟上幫她的忙，不得要領。

終於得知他在北韓拍的政治宣傳片能夠在日本上映，才鬆了一口氣。在南斯拉夫拍戲時，聽到他人在匈牙利，也特地去找他，但沒見到面。

由北韓逃出來的大新聞，傳遍世界，為他高興之餘，又有人說他回到南韓，被政治局抓去，拷打之下，變成植物人。為此，我曾經多次落淚。

最近十多年，申相玉和他的妻子來到香港，我見到他們無恙，才真正地安心起來，大家又擁抱了。

原來，他們在維也納逃進美國大使館，過程比電影劇本還要精彩。美國人對金正日這一個人一無所知，找到最接近他的申相玉，能套出種種情報。申相玉把知道的全盤講出之後，中央情報局為他們做了線人移植工作，改名換姓地安頓他在小鎮中生活。申相玉姓 SHIN，中央情報局怕被北韓殺手追，要他改一個美國姓，但申相玉只肯改為姓 SHEEN。

最後，他們夫婦，回到韓國。我們雖然沒見面，每年的聖誕卡和賀年卡總是不斷的。至到最近，我想起他，又帶團到首爾去，大家通了電話，因為俗務纏身，沒機會重逢。

一下子，聽到他死了，享年八十六歲，我痛恨自己，沒去見他最後一面。這個經驗告訴我，老朋友了，應見時要盡量去見，不然就來不及了。也慶幸，住在香港這個自由自在的地方，避過當年蔣介石的白色恐怖，和南北韓那種野蠻，更不必去談柬埔寨的殺戮了。同是電影人，我們是多麼地幸福！永別了，申相玉兄。請安息，你在韓國電影史上，是留名萬世的，可以瞑目。

丁雄泉先生

黎智英傳來短訊：「丁雄泉已於數日前安然逝世。」

看了一陣悲傷，回覆道：「這也好。」

「唔，這也好。」黎智英兄同意。幾年前一次跌傷，丁先生從此昏迷。說是變成植物人也不是，還有點感覺的。

關於生病的事，他家人不想讓人知道，我一直沒出過聲，當今走了，大家已不介意了吧。

那麼多的往事，一下子湧了出來。和丁先生在一起的日子，總是陽光，總是快樂，我在他身上學到的東西，實在太多。

沒叫他一聲丁老師，是因為我沒正式拜過師傅，他當我是個朋友，已感幸福。一生人之中，不是那麼容易遇到一個真正的藝術家，而丁先生的確是一位真正的藝術家，不但在作品上得益，在做人方面的啟發，更是厲害。

從香港去的飛機，一向是清晨抵達阿姆斯特丹，丁先生已經在門口迎接，見到我，就說：「來，喝杯香檳。」

「早上喝香檳呀？」我問。

「香檳一定是晚上喝的嗎？」他反問：「香檳，是高興的時候喝的。」

在我的記憶之中，我們一見面就是香檳，不管是早上、中午或晚上。記得他家中有幾個彩色的高腳玻璃杯，切割出白色的花紋。為名廠製造的古董，價錢不菲，一般人只擺在櫃子裏的，打破了怎麼辦？

「打破了再買呀。」他說。

揮金如土的個性，並非平凡的人擁有，丁先生對美好的東西不計較金錢。參觀有才華年輕藝術家的畫展時，也會一口氣買下數十幅來，也許，這是令他想起當年自己開畫展，一幅畫也賣不出的往事吧。

我時常強調藝術一定要先把基礎打好才行，但丁先生是唯一一位例外的，因為他的畫不靠線條，全憑色彩。從他的大紅、大黃、大綠的世界裏，得到的歡樂，是無比的。當我要求向他學畫時，他說：「不要向我學，向大自然學。花朵、鸚鵡，甚至於西瓜，顏色都是鮮艷的。要學，學做人有廣闊的胸襟，學接受太陽的光彩。」

丁先生在紐約成名得比安迪·華荷還要早，於六、七十年代，國際畫評家已對他的畫驚為天人。作品價錢極高，大家買不起，只有向他的海報着手，曾經是世界上複製品賣得最多的畫家之一。

我也是由他的海報和畫冊認識的，一看好像被雷擊，即刻著迷，從此不斷找關於丁先生的資料來讀。一次，在藝術中心的個展中遇見他本人，覺得他身體結實得像一個體育健將，看他事忙，也沒去打擾。

後來由黎智英介紹，才知道原來他也喜歡看看我的小品文，有了共同語言，更加親切了，他比我大，就以丁先生稱呼。我們常一起吃飯，丁先生的食量驚人，而且愛用手抓東西吃，這點和我一樣，我們到菜館，一叫就是一桌菜。

「你們兩位請客，怎麼其他客人那麼大膽都不來？」經理問道：「到底請了誰？」

丁先生懶洋洋地：「請了李白、請了畢加索、請了米高安哲奴，都不得閒。」

吃那麼多東西才有那麼強壯的體力，而畫西洋畫，是需要體力的，畢加索在七、八十歲的高齡，也壯得像塊石頭。丁先生一樣，他換上衣服和鞋子，就開始作畫，油漆濺在他身上，滴到他鞋子，都是一幅幅彩色繽紛的作品。

也從來沒有看過畫家有那麼大的畫室，是由一間室內籃球館改建的，丁先生有了錢，就在阿姆斯特丹市中心買下一座荒廢了的小學，裝修成樓下畫室，樓上住宅。

房子雖大，依荷蘭人的習慣，門很小。丁先生嫌門板單調，就在上面畫畫，曾經被人偷過幾次，還是畫。

畫室中，擺着大明星送給他的簽名照片，馬龍白蘭度、費克馬利奇里夫和導演尊休士頓等，女演員珍希寶的字跡更是親密，丁先生從他的百寶櫃中取出一大疊情書：「都是她在巴黎拍《斷了氣》時寫給我的。」

一下子，畫室改為病房。丁先生倒下後，荷蘭籍女友為他佈置的。護士們都很惜身，抱起病人要靠機器，所以室內加了一架小型的起重機。自動起臥的床少不了，也有電動輪椅，雖然病人已不會操作了。

藥水倒是聞不到，傳來一陣強烈的洋蔥味，是熟悉的。丁先生最愛的，就是這種種子像個洋蔥，標竿直的莖，開大朵的紅、白、黃的花了。

聲，沒有反應，抓着他的手時，像在握緊我的。忽然，看到他眼角有顆淚，我自己已泣不成聲。

那麼一等，就是六、七年。是的，走了也好。久病沒孝子這句話也靈驗，丁先生的一對子女後來把房子也賣掉了，讓他搬進一間狹小的醫院病房。女友也被打發走了，很少人去探望他，就算有知覺也是種折磨。

丁先生走了，他的色彩還是照暖我們的心。看拍賣行中當代中國畫家的作品賣成天價，有幾幅能像丁先生的帶給我們歡樂？

安息吧，丁先生，您的畫，會像太陽，升起，降落，又升起，讓後代一直欣賞下去。

佈景師

從前，拍電影的工作沒分得那麼細，幾個頭頭集中在一起，各有手下，就完成一部戲了。在電影的黃金時代，拍甚麼賣甚麼，注重的只是產量足不足罷了。

在這種情形之下，我被大機構派到台灣，在那裏監製多部古裝武俠片，來補香港片源的不足。

戲多數在片廠裏攝製，第一件事就是要搭佈景，這分兩個部份，先由美術畫一張平面圖和一幅透視圖，前者多數的導演看不懂；後者看了，有一個概念，知道從鏡頭中望出去會是怎麼一個樣子。批准了，導演就在這張圖上簽個名。

這一簽，事可大可小。有些調皮搗蛋的美術師，叫人搭出來的東西沒有角度拍到全景，導演可抓破頭皮，要求拆掉的話又要花錢，會給老闆罵的。

將美術師畫出來的圖搭出屋宇或寺廟來的人，叫佈景師，也不一定看得懂平面圖，有些是全憑經驗和感覺的。

陳孝貴就是那麼一個。最初由製片介紹給我認識，我還懷疑這個人到底是不是幹電影這一行的。

他有一張扁平的圓臉，短頭髮，鼻子和臉貼在一起，只見兩個洞。眼睛有一隻是瞎的，據説此君從前當「囉嘛」，是台語黑社會分子的意思。打架時，被對方擊破了眼膜，當年沒有雷射縫補手術，醫不好。

咧嘴一笑，有兩顆金門牙。陳孝貴的可貴，就是他那副笑容，天真無邪，令人一下子信任了他。

我把平面圖給他作預算，他交給助手，但打出來的價錢比別人便宜。

「十天完成行了嗎？」我問。

「一個禮拜就行了。」他自信地。

是一個山洞的佈景，裏面還有所謂的機關，複雜得很。翌日，看到陳孝貴率領了二三十人，抬着一疊疊的鐵皮，就是香港人拿來搭臨時屋子的那種。片廠建於山上，廠棚外有很多大巖石。陳孝貴一下令，工人們把鐵皮鋪在石上，用腳踐踏，印出模樣。有的工人則以木棍敲打出皺紋。拼合起來，釘在木架上，一個山洞就出現了。

接下來的那幾天，鐵皮夾縫塗石膏填得不露痕跡，再上油漆，然後加青苔。從天台上架了水管，讓山洞到處滴水，就和真的一模一樣。機關也搭好了，是兩排充滿尖刺的鋼齒，女主角踩了進去，壞人用來夾死她，鏡頭前的鋼齒是真的，磨得尖銳，可以示範來插爛西瓜，中間的鋼齒是木頭油漆，女主角身邊的是膠製，以防萬一。

陳孝貴處處為導演和攝影師着想，當今看來，他做了美術指導的一大部份工作。我對成績十分滿意，付了支票。

轉身，陳孝貴用樹膠圈捆住一大疊現款塞在我手裏。

「幹甚麼？」我怒視。我知道這一收，今後誰不給我都會生氣，是一個無底的深淵。

我把鈔票扔在他臉上，陳孝貴只會咧着嘴笑：「我接觸過的人都拿錢，除了你，你可以做我的朋友。」

從此，我們真的成為朋友，已經用名字叫他，不帶姓了。孝貴是福州人，講起閩南語來嘶嘶沙沙，作嘴含口水狀，是福州語的特徵。他帶我去吃地道的福州菜，由福州老兵們開的，那一道海蜇頭、腰花、油炸鬼、用糖醋來炒的菜，至今念念不忘。福州飲食文化中，還有用小小的繩籠，裝入生米，再放入鍋中炊熟的白飯，這些料理，都已失傳。

海鮮的話，孝貴認識圓環一家店的老闆，在閣樓中弄給我們吃，像個秘室。每次有客人到台北，我都在那裏宴客，大家給氣氛感染，都說好吃得不得了。

戲不能老在廠棚中，有的需要在外景拍，像瀑布下的小茅廬，或竹林中的酒家等。孝貴與我，為了省錢，租一輛四條輪胎已經光滑的計程車，跑遍全台灣看外景。拍電影的人真幸福，只選最佳景色觀賞，我們到了新竹、苗栗、台中、南投、台南、高雄、屏東、台東、花蓮、宜蘭直到最南端的墾丁。中間經過許多山崖斷谷，天雨路滑，車子差點掉進去，但年輕嘛，怎會怕死？

孝貴在車上不斷咬檳榔，我也染上了這個習慣。在各個鄉下，有時遇到拜拜，各家各戶拉過路人吃飯，客越多生意越興旺，我們到處白吃白喝，不亦樂乎。

回到台北，剛過水災，我住的酒店水漲到二樓，沒東西吃。正發愁，見孝貴划着小艇，除了食物，還載個女子。他有時手頭緊，我也調款給他，反正是遲早要付的佈景費。我們兩人，可以談得上是莫逆之交了。

忽然，一天，回到辦公室，我給四個大漢包圍住，原來是當地電影界說我破壞規矩，找我來教訓教訓。驚慌時，看到孝貴，像遇救星。

那知孝貴只站在一邊看，不插手，不理對方對我的恐嚇。我一見情勢不對，抓了桌椅向大漢們扔去，然後逃之夭夭。

我終於明白，我在台灣，只是一個過客。電影繼續要拍下去，生意還是要照做，就算我走後。

再見到孝貴時，他要向我道歉，這次輪到我咧開嘴笑，拍拍他的肩，當成沒有發生過這回事。

在台灣一共住了兩年，我被調回香港，從此沒有孝貴的音訊，向電影界的老朋友打聽，他們說孝貴賺了很多錢，買了多間房屋，養了多個情婦。我默默為他祝福時，又聽到說投資失敗，老婆也跑了，後來我們就一直沒聯絡。

今天組織旅行團到了台灣，沒他的地址，也不知道怎麼找，只有寫這篇文章，懷念一番。

羊人

林中松從小就對婚姻有恐怖症。

雙親離異之後，他一直是家長爭奪的對象，這裏住幾年，那裏住幾月，跟父親，再跟母親。和誰在一起，長輩都講對方的壞話。中松拼命鑽在書本之中，才有另一個天地。

我們這群孩子，中松最聰明，他學甚麼東西，一學就會。我們用一個木頭的針線軸，一根筷子，捲起一條橡皮筋當戰車時，中松把幾個木軸拼在一起，在軸邊刻了齒輪，做出一架極複雜的起重機。

長大後我們都有女朋友，他倒是最慢接觸女性的一個，一和女孩子去看電影，回家後便發現他所有的衣服，被他母親剪成碎片。

中松從此再也不交女友，他發誓他一生不會結婚，但是到最後，我們這群人，是他結婚的次數最多，一共娶過五個老婆。

事情是這樣的，林中松和我一起到日本去唸書，我在東京，他選中了京都，日本語對他來講一點也不困難，他一下子已研究了所有的古文學，當大學講師沒有問題，但有哪一個日本人肯請一個嘴上無毛的小子去講自己的文化？結果林中松惟有在私塾中教基本的英文文法。在那裏，他遇到了佐藤壽美。

佐藤一心一意想當一個美國的流行畫家，去紐約是她最大的願望。為了把英語學好，她不斷地親近這位年輕的老師，到最後搬進中松的家，和他同居。

糊裏糊塗地，中松娶她為妻。結婚之後，佐藤發覺中松除了英語講得極棒之外，傳統觀念很深，在家穿着和服，喝麵豉湯，對茶道一絲不苟地，依足古法炮製，他簡直是一個日本人！

終於留了一張字條，佐藤壽美跑到美國去了。

中松開始流浪生活，歐洲遊歷一番後，定居於巴黎。在一家專門賣東方書籍的店舖中當店員，一方面自我進修拉丁文。拉丁文一學會，許多歐洲文字跟着上手，他在短短幾年，已能講二十五種不同的語言。

書店老闆的女兒米雪，從小讀東方文化，對中國人有很深的憧憬，近水樓台地被中松吸引，決定嫁給他。

日本老婆可算成遺棄，婚姻已無效。中松和米雪走進了教堂。

米雪是大小姐，從來不走進廚房一步，中松笑嘻嘻地燒了許多地道法國菜給她吃，和她一起到羅浮宮，中松詳細地講解每一張法國繪畫的歷史背景。一年米雪到東方旅行，中松要看店走不開，她單獨一人來了香港，打電話給我。老友妻，我請她吃飯。

「我已經決定離開他了。」米雪告訴我。

「妳有了情人？」我開門見山地問。

米雪搖搖頭：「我想嫁的是一個中國人，中松是法國人。」

這次的離婚手續雙方同意，辦得很快，中松又遇到一個德國籍的猶太少女漢娜。年紀漸大，青春氣息是中年男子難於抵擋的。

婚後他們搬到法蘭克福去住，中松喝德國啤酒喝得有個小肚。他深深地研究德國歷史，引證了希特拉的出現，是有它的前因後果的理論。

這可犯了猶太人的大忌，漢娜的父母極討厭這個辯論輸給他的中國人。一方面，少女花心，已搞了好幾個法國男友。兩人的相處，已達到互不能容忍的地步。

離婚後中松搬到倫敦，在一間專門放映藝術片的戲院中邂逅了電影學校畢業的英國少女菲奧拉。從《戰艦波欣金》到《大國民》，中松數電影的經典，比任何圖書館更詳細。菲奧拉發現了一個寶藏，一個談不完的對象。

兩人結合，中松一晚看電視，正播着足球賽，他變成利華浦隊的球迷，從此的話題離不開足總杯。

菲奧拉忍受不了中松每晚上附近的小酒吧，手握一杯 Bitter 和周圍人看電視中的球賽。她更憎惡在下午茶中，中松為她做的青瓜三文治和鰻魚凍三文治。

經過四次婚姻的失敗，中松有一天向自己說：「我的毛病在太像外國人，我只有搬到北京去住，才能改進。」

在北京，他最後一次地和小娟結了婚，中松說得一口京片子，但是過了幾年，老婆還是逃到香港去。很諷刺地，她一直想嫁一個外國人。

中松不只對婚姻，對人類，他也感到失望。

我這次到澳洲拍外景，劇中需要一些動物演戲，找了《寶貝小豬嘜》的馴獸師來開會，突然又與中松重逢。

「我只不過負責一小部份。」他說：「戲裏需要一大堆人指導動物，豬是另外的人訓練，我專管羊群。」

原來中松到了澳洲的農村住下，開始養羊，越生越多，他對羊隻的交配，有他的一套，許多人都要老遠地趕母羊群到他的農場去，才能生出小羊。

一位很粗壯，但很友善的澳洲女人依偎在他的身邊。

「我在考慮再結多一次婚。」他說。

「不怕後果嗎？」我問。

中松望着遠處，幽幽地說：「這次不會出錯了吧，我不過是像一隻羊。比起人類，她更愛動物。」

張先生的肥婆

家父的友人，近年來也都相繼去世。

印象最深刻的是張先生。

張先生患眼疾，開了幾次刀都沒醫好，要戴一個很厚的眼鏡才能看到東西，雙眼被鏡片放得很大，老遠，就看見他的眼珠。

為了報答他對雙親的友誼，我到處旅行，一走過玻璃光學店，就替張先生找放大鏡。張先生一生喜歡吃東西，凡有新菜館開張，他必去試，看不見菜單點菜，對於他來說，是件痛苦的事，所以他需要一個攜帶方便的放大鏡，倍數越大越好，我買過幾個精美的送他，他很感激。

每個星期天早上，張先生在公園散完步，便來家坐，一看到我，拉着我們整家人去吃早餐。

張先生的早餐不止牛油麵包，是整桌的宴席，魚蝦蟹齊全，當然少不了酒，他總從車廂後拿出一瓶陳年白蘭地，家母、他和我三人，一大瓶就那麼地報銷了，執行白晝宣飲。

「別刻薄自己。」是張先生的口頭禪。

退休之後，他把家中收藏的張大千、齊白石一幅幅地賣掉，高薪請了一個忠心的司機，要去哪裏，就去哪裏。最愛逛的，當然是菜市場，把新鮮材料買回來，親自下廚。

我常喜歡說的那個牛鞭故事，就是他告訴我的。

甚麼？你沒聽過那牛鞭故事。好，我慢慢說給你聽。

張先生和兒子媳婦住在一間大屋子裏，一切安好，但最令張先生受不了的，就是他媳婦愛大聲叫床，一星期和兒子搞幾晚，鬧得張先生睡不着覺。

開始小小的復仇計劃，張先生從菜市場買了一條牛鞭，叫媳婦做菜。

「怎麼煮法？」媳婦問。

「洗乾淨後拿去炸一炸就是，油要多。」張先生說。

媳婦燒滾了油鍋，把牛鞭放了進去。

突然，那條牛鞭膨脹了數倍，像一條蛇，張口噬來。媳婦嚇得大叫哀鳴，失聲了幾天。

張先生吃吃偷笑，從此得到數夜的安眠。

家裏說是富裕也談不上，張先生一直在大機構打工，身任高職，不愁吃不愁穿就是，但多年下來的儲蓄，再加上對股票市場的眼光，他有足夠的錢一直吃喝玩樂。

戴在他左手的食指上是一顆碧綠的翡翠，張先生回憶，石塘咀的一位紅牌阿姑送給他的。年輕時，張先生對詩詞的認識，令她傾倒。紅牌阿姑去嫁人，對他念念不忘，把戒指留給他做紀念。

「凡是人，都有情。」張先生說道：「妓女淑女，應該一視同仁。」

張太太也知道丈夫的風流史，她很賢淑地依偎在他身邊，常說：「回家就是，回家就是。」

可惜，她比張先生早走了。

過了一年，張先生向兒女們宣佈：「我需要一個女人。」

兒女反對。

張先生一生人沒說過粗口，但他向他們說：「我又沒用到你們的錢，你們反對個鳥！」

把情人帶到我們家裏時，大家嚇得一跳，是個二百多磅的肥婆，但樣子甜，還算年輕。

「在酒吧認識的。」張先生告訴我家父。

「她怎麼肯跟你？」爸爸乘她走開時問。

張先生說：「我問她一個月賺多少錢？她說一萬塊，我給她兩萬，就那麼簡單。」

「那麼多女的都可以給兩萬，為甚麼選中她？」問題的言下之意是為甚麼選中一個肥婆？

「我注意了她很久。」張先生說：「只有她不肯和客人睡覺，也許是她那麼胖，沒有人肯跟她睡覺。」

肥婆走回來，拿了開水，定時餵張先生吃藥，他拍拍她的手臂，說聲謝謝，透過那副厚眼鏡，充滿愛意地用大眼睛望着她。

「你先回家，我再和蔡先生談一會兒就回來。」

說完張先生請司機送新太太，並問司機吃過飯沒有，塞了一些小費給他。

「兒女們開家庭大會。」張先生說：「派代表來向我提出條件，說在一起可以，但是不能生小孩，免得分家產時麻煩。」

「你還能生嗎？」爸爸對這個老朋友不必客氣。

張先生笑了：「我事先跟她說不用做那回事的。只是想晚上有個人抱抱。既然要抱，就要選一個大件的囉。後來抱呀抱，摸呀摸，兩個人搞得興起，就來一下囉。」

把我們笑得從椅子跌地。

「已經把一切安排好了。」張先生說：「我走後她每個月還是照樣領取兩萬，一年多二十巴仙的通貨膨脹，至到她自己放棄為止。」

張先生的葬禮很鋪張，是兒女們要的面子，我正在外國工作，事後家父才告訴我的，沒有參加，心很痛。

家父說葬禮中只有兩個人哭泣，司機和肥婆。

家庭主婦一二三

新井一二三和我有不少共同的地方，兩人都寫散文，大家都可以用英日漢三國語言書寫，她流浪過的國家，我也走遍，惟有她介紹的日本，比我深刻得多。

另外有一個奇妙的緣，我留學時住的新宿柏木，走在前面是大久保車站，向後走，就是新井小時候住的東中野，她家裏開的朝日鮨壽司店我常光顧，也許當年年幼的小女孩在店裏遊玩，就是她也說不定。

這次見面，她送了我兩本中文書，一本叫《你一定想知道的日本名詞故事》，另一本叫《我和中文談戀愛》，中間提到的朋友，也有些是我認識的，緣分這件事，牽來牽去。

這本書的腰封，有我寫的一句話：「會說中國話的日本人不少，但能說能寫，而且寫得好的，只有罕見的新井一二三。」

該書的出版社要引用我的話，並沒有徵求過我的同意，我當然不在乎，而且感到十分的榮幸。封面上有「櫻祭」、「烏賊素麵」、「文化祭」、「忘年會」、「隱家」、「節分」、「惡妻」、「御靈信仰」、「花見」等名詞，內容更諸多描述，是研究日本文化極佳的參考書，相信很多讀者都有興趣，前作《你所不知道的日本名詞故事》大賣，所以有了這本書。

正如序上所言，作者常有機會認識來日本暫居的外國人，很多是留學生、訪問學者等，一般能操流利的日語，對日本文化的造詣也不算淺。然而，跟他們聊天，卻不能不發覺，他們對日本生活的細節真實並不熟悉……。

對的，文化之神宿在語言細節上，這句話是歐洲建築家講的。對細節的留意，新井和我一樣，都有興趣。我的寫作資料來源，都出於細節上，也許是因為我一直研究篆刻，想在方寸上找出變化。

新井的文筆寫起來非常有趣，在〈秋刀魚皿〉一篇之中，她描述的並非秋刀魚，而是盛着它的盤子，就像世界著名的日本導演小津安二郎，生前最後一部作品叫《秋刀魚之味》，其實影片裏沒有出現秋刀魚，片名指的是家常便飯。

文章裏也透露着新井的日常生活，她除了白天到明治大學教書，晚上寫稿之外，還要照顧家庭的起居，得去買菜做飯，看到秋刀魚的價格還是甚貴時，自言自語地說：「再等一會兒，量多價低了再買來吃也來得及。」可見一個家庭主婦處處得以儉省的行為，在日本，生活並不好過。

對盛着秋刀魚的盤子，新井有仔細的描繪，形狀一定是長方形，拿尺一量，尺寸有十一厘米寬，二十九厘米長。

她家裏的一種，就有所謂的「青海波」花紋，乃由三重扇形的無限反覆來表現海浪景色的，從中國唐代傳到日本的一種雅樂舞蹈叫做「青海波」，記錄在世界最古老的長篇小說《源氏物語》裏面。

從一個盤子，她能引述到歷史，引進到文化，都是別人做不到的細節上的觀察，也糾正了「青海波」的名稱跟中國青海省無關，其實這種圖案源自波斯裏海地區。更進一步，她研究了日本盤碟和西方的區別，日本人愛用多種不同形狀的餐具：正方形、長方形、橢圓形、扇形、木葉形、半月形、葫蘆形等等。

一個人吃一頓飯加起來就很多種，為了有效地放在有限的空間裏，最好是多用長方形碟子，比方說，頭尾俱全長達三十五厘米的秋刀魚，如果放在直徑三十五厘米的圓形盤子上，所佔的面積是九百六十二平方厘米，但是用二十九厘米長，十一厘米寬的「秋刀魚皿」，只需要三百一十九平方厘米，連圓形的三分之一都不到，你看多合理。

一個碟子，研出那麼多歷史和學問，也虧得新井一二三寫得出！

新井當今居住的國立，是東京都內的一個城市，因為周圍大學多，也被稱為文化都市。她先生是寫神怪小說的，雖然先生出生在大阪一帶的關西，而新井是地道的東京人，屬於關東，為了和平共處，早已下了規定，從不干擾各自的生活習慣，對吃東西，也不說哪裏的好吃，哪裏的難吃，新井說：「只要雙方妥協，生活還是過得圓滿的。」

至於新井家經營的「朝日鮨」，今天當然已不存在，記得是一間木造的建築，橫開了琉璃門後進入，有個壽司櫃枱，櫃枱上面是玻璃櫃子，放着各種魚生，而大廚則對着客人站立，客人點甚麼就拎甚麼出來，沒有店長發辦的 OMAKASE，如果要是甚麼都有的，那麼叫木漆大圓盤的，分松竹梅三個等級，價錢也由便宜到貴。還記得桌子前面有一水槽，上面有水管，水管有很多洞，不斷地流出水來，客人都不用筷子，用手抓來吃，吃前用水管流出來的水洗洗手。

當然也看不到三文魚，新井和我對很多東西和事物看法是一樣的，惟有三文魚不同，我是絕對不吃生的，但新井說一般的老百姓還是吃的，由日本人養殖，衛生上有保障，到百貨公司或鄉下壽司店，還擺在主要位子上，這也是在日本做家庭主婦養成的觀點吧。

我不吃三文魚刺身，與新派和老派有關，與價錢無關，新派人吃，老派人不吃，我屬於老派。

黃霑再婚記

黃霑和陳惠敏終於結婚了。

別誤會，黃霑沒有同性戀傾向，這個陳惠敏不是武打明星的陳惠敏，是位叫雲妮的小姐，比黃霑小十七歲，是他從前的秘書。

早在做《今夜不設防》電視節目時，黃霑告訴我們關於雲妮的事。

「簡直像金庸小説裏的人物。」倪匡説：「怎麼可以不要？一個男人，一生中，有多少個像雲妮那麼死心塌地愛你的？你不要讓給我。」

當然倪匡是説着玩的，黃霑才死都不肯讓出，所以才搞到今天結婚這種後果。

在十一月初，黃霑和雲妮從香港直飛三藩市，先拜訪倪匡這個老友。黃霑前一陣子每天上鏡，累死他了，和倪匡説了一會兒之後便回酒店，大睡數十個小時。我們聽了，點頭説此時是真睡，不是和雲妮親熱，要是洞房那麼長時間，怕他已經虛脱。

在三藩市住了三天，便飛拉斯維加斯。大家都知道，這是天下結婚最方便、最快的地方。

「一到了馬上辦好事？」我們做急死太監狀，盤問黃霑。

「當然不是啦。」他說：「我們先去看賭場的表演，又去吃一餐中飯。遇到澳門來的葉漢先生，認得出我，還幫我埋了單。」

「後來呢？」我們又追問。

「雖然說是去結婚的。」黃霑回憶：「但是雲妮還沒有最後答應。」

我們心裏都說：「到了這個地步，還不點頭，天下豈有這等怪事。」

只好等着他要花槍，耐心地聽他講下去。

黃霑說：「到了第三天，我們在街上散步，我才向雲妮建議：現在結婚去。」

「她點頭了？」我們假裝緊張地問。

「唔。」黃霑沾沾自喜。

「是不是在教堂舉行婚禮的？」

「不是。」黃霑說：「不能直接到教堂。」

這又是怪事了。

「先要領取一張結婚准證。」

「甚麼准證？」

這次是他的第二回，以下是黃霑的結婚故事：

我們必須先去一個政府機構，說出護照號碼，登記甚麼國籍的人等等。一走進去，那個政府人員在看我身後有沒有人，又指着雲妮，問道：「這是不是你的女兒？你的太太呢？」

我說這就是我要結婚的人。那官員聽了羡慕得不得了，馬上替我們登記，然後收費。

「多少錢？」我問他。

「七十五塊。」

「這麼貴！」我說。

「那是兩人份的登記費呀！」他說。

我心中直罵：「廢話！結婚登記不是兩人份是甚麼，哪裏有一人份的。」

也照付了錢，問他說：「附近哪一家教堂最好？」

「都差不多。」他說：「就在我們對面有間政府辦的，你要不要去試試看？」

當然是政府辦的，比私人辦的正式一點，我就和雲妮走進了一座建築物，它不像是一個讓人結婚的地方，倒像一間醫院。

門口有一個黑人守着，這地方是二十四小時營業的，生意好像不是太過興隆，所以那個黑人翹起雙腳，架在門上睡覺。

我把他叫醒，說明來意，他即刻讓我們進去。

裏面只剩下一個女法官在辦公，她是國家授權，讓她替人家結婚的人。

她一看到我們，又望我的身後有沒有人，指着雲妮說：「這是不是你的女兒？你的太太呢？」

差點把我氣死了。

她要先收費，又是七十五塊美金，兩人份。

「跟着我說。」她命令：「我，黃霑，答應不答應迎娶陳惠敏，做我的法律上的妻子，愛她、珍惜她，在健康的情形，或在生病的狀況，直到死亡為止？」

我們都說一聲：「I do。」

她問我：「有沒有帶戒指？」

我們哪有準備這些東西？搖搖頭。

「不要緊。」她說完從桌子上拿了兩個樹膠圈，讓我們互相戴上，大功告成。

女法官在結婚證上簽了名，蓋上印，交了給我。

我一看，看到證婚人的欄上，寫着一個叫羅拔·鍾斯的人，從不相識，便問她道：「誰是羅拔·鍾斯？」

女法官懶洋洋說：「就是他。」

指的是睡在門口的那個黑人。

活着

各位讀者，黃霑是我的老朋友，我是來讚美他的，並不是來批評他的。

黃霑在香港流行文化的地位已經確立，絕對不是任何人能夠抹滅，在作詞上的貢獻，更是與香港歷史共存。他的逝世，連國際雜誌《時代週刊》也得報導。

去他的追思會途中，我看到一條條的人龍爬上山坡，耐心等待參加，是兩萬位香港人民對黃霑的認同和敬重。

這數星期中，我在公眾場合聽到的，都是讚美黃霑的聲音，沒任何壞話。

我一方面為這位老友感到歡慰，一方面感傷他的離去，心情極為惡劣，稿寫不出，腦子充滿了《問我》和《滄海一聲笑》，以及他所有的電視連續劇主題曲的歌詞，揮之不去。

友誼的建立，在於真誠。當年我在邵氏電影當製片經理，片子的背景音樂得找人來做，要找就是找最好的。黃霑有個配樂公司，請他來幫忙，因此結識。

工作之餘，我們交談，發現大家有很多共同的話題。有時配音由白天到晚上，又至黎明，我們拖着疲倦的身體，駕車到片廠附近的蠔涌，那裏有個小餐館，可以坐在露天樹下吃點心，看到葉子一片片掉落在茶杯中。

黃霑一直向我傾訴他對華娃不起。

「閉嘴！」我說。

「幹甚麼這麼認真？」他問。

「你現在和林燕妮在一起，就別一直向陌生人說這種話，萬一傳到她那裏，有甚麼好處？」

「但是你不是陌生人呀！」

「我們剛認識，你能向我說，就可以和其他人說了。」

黃霑點點頭，靠過來抱着我：「只有你向我說真話。能夠說真話的人，不多。」

黃霑在九泉之下，也會欣賞我說的一些真話吧？

我想告訴各位的，是黃霑不要林燕妮，並非林燕妮不要黃霑。在金針獎的愛的宣言時，黃霑已決定不和林燕妮在一起了，這是事實，這是真話。

人死了，甚麼都是好的。人死了，死無對證，你怎麼能說這些東西？這是一般人的見解，我不是一般人，我是黃霑的老朋友。

我所以得說這一番話，那是我看到輿論對林燕妮非常的不利，以為林燕妮在黃霑最困苦的時候離開他，這是不對的，這與事實不符。

林燕妮本來也可以為自己辯論，但她始終是深深地愛着黃霑，永遠隱瞞着部份的事實，話只說到一半，談來談去，變成了「黃霑欠我一個名份」這種傻話來，其實是她受了委曲。

當今各方面對林燕妮的攻擊，能造成巨大的傷害。本來精神狀態很受困擾的她，是不容易承受的。我們愛黃霑的話，就要愛他愛過的人。

至於兩人分開後的金錢糾紛，我們不是當事人，我們都沒親眼看到經濟上他們是怎麼安排的，我們不應該參加一份來議論，否則都變成市井的八婆了。

在金庸先生家裏，黃霑和林燕妮兩人簽的結婚證書，有律師羅德丞見證，法律上是有效的。林燕妮是想當真，但黃霑不想跟進這件事而已。後來林燕妮也公開否認過這份證書的合法性，都是面子問題。

一切是黃霑的錯嗎？那也未必，老朋友了，做甚麼事，我們都認為對的。

男女間的感情，不能理喻，一段關係疲倦了，也不難理解，何況多情的才子，要做甚麼，就讓他做去吧。

黃霑又一直向我傾訴對林燕妮不起。

「閉嘴。」我說：「你現在和 Winnie 在一起，她聽到了，有甚麼好處？」

黃霑聽了又過來抱我。

Winnie 很乖，很會服侍黃霑，當黃霑告訴倪匡兄和我兩人感情的發展時，我們都說她像金庸先生小說中的人物，人生能得到一個，夫復何求？

我們非常同情黃霑對 BALL 場的厭倦，他說每次都要找新衣服來陪襯，到達之後，見來見去都是那一堆人，拼命在人家面前讚美，一轉身，又拼命說人家的壞話，他真的受不了。

那麼已經分開了，何必來愛的宣言呢？有人那麼問我。

這是黃霑對林燕妮表示歉意的一種方式吧？兩人到底度過美好的時光，也許這是他認為是君子所為，讓女的不要男的，好過一點吧？

不管各位現在怎麼看林燕妮，請記得她是一位黃霑愛過的人。

我對林燕妮的印象，留在她在《明報》副刊寫《粉紅色的枕頭》、《懶洋洋的下午》的專欄那段日子，她的文筆清新，見聞又廣。當年，這種人材並不多。

寫這篇東西之後，舒了一口氣，有些人認為我不應那麼說黃霑，一定有些不滿，但是我不會作回應了。我只知道應該對活着人好一點，對已經走的，也沒甚麼失敬之處，點到即止。

米高的婚禮

英國明星米高·堅，和黃霑一樣，也是在拉斯維加斯結婚的。這是他的故事：

我在電視上看了一個廣告，裏面的女人我一見鍾情，她是我一生中所見過最美麗、最吸引我的，我不知道她是甚麼地方的人，我只知道我愛上了她。

經過很久，我終於追蹤到她的模特兒公司，認識了她，才知道她是位印度女郎，名叫莎麗嘉。

我們拍拖了一陣子，記者來訪問我：「為甚麼愛上一個印度女人？」

「我只愛上一個女人，這個女人剛好是印度籍，如此而已。」我說。

對異國情鴛，報紙上還是有點種族歧視地說：「米高·堅生活在罪惡中。」

我回答這個記者：「罪惡不是一種事實，而只是一種觀念罷了。你認為是罪惡的事，我則認為是快樂，所以這只是觀念。你不會生活在一種觀念之中的。」

總之，我們決定結婚，而最簡單最快的地方，當然是美國的拉斯維加斯。

我很幸運，剛好羅蘭斯·奧利花和我主演的那部叫做《Sleuth》的片子快在美國上映，我乘在美國做宣傳的期間，和莎麗嘉一齊去，同行的還有我的宣傳經理謝利·潘和丹尼斯·史令加。

我們由洛杉磯乘飛機抵達拉斯維加斯，以為會神不知，鬼不覺。

要是你也在拉斯維加斯結婚，你也知道最先要到一個叫 Clark Country Court 的法庭去申請，所需時間大概二十分鐘，然後你可以到小鎮中的那十幾家小教堂，任選一間行禮。

當我走出法庭時，我吃了一驚，站在我們面前的是一個小個子的人物，全身帶着各式各樣的相機。

「我是本地的一個攝影師，」他自我介紹：「如果你們讓我拍你們的結婚照片，我會免費的沖印一套，給你們留着紀念，而且我保守秘密的，米高·堅先生。」

「要是我們不肯給你拍照片呢？」我明知故問。

「那麼，」他說：「五分鐘之後，整個拉斯維加斯的新聞記者都會追蹤你。」

反正我們四人都沒有帶相機，也就點頭同意。

往教堂的途中，我問他說：「沒有一個知道我們來這裏的，你怎麼那麼神通廣大？」

他解釋：「哦，我的女朋友是做空姐的，她打電話告訴我，說看到你們。來這裏的人，不是賭錢，就是結婚。」

我們終於抵達一間名字很羅曼蒂克的「綠草叢中的小教堂」。把結婚證交給看門的人，他過過目，叫我們坐下來等，打電話給法官，法官說他二十分鐘之後就到。在等待的時候，守門人一直和丹尼斯談話，因為他找出丹尼斯是主管經濟，代我們付錢的人。

「結婚費用是七十五塊錢美金。」他說：「但是有些額外開支，如果你們需要的話，有人會替你們拍即影即有的照片，還有，要不要一盒結婚過程的錄音帶？要不要一束花給新娘？是浸在塑膠瓶的，用透明膠紙包好的蘭花。」

丹尼斯一一照付的時候，我看到釘在牆上的即影即有照片，其中有好些電影明星，像東尼．寇蒂斯也在這裏結過婚，不過大多數我認得出的夫婦，現在都已離了婚。

法官終於擦着汗來到，他解釋說今天是星期五，星期五最多人結婚了。教會播了錄好的音樂，很大聲。婚禮很快地結束，可能是因為星期五的關係。

完畢後，我們走出來，守門人問我們要不要把那用透明膠紙包着，浸在塑膠瓶的花以半價賣回給教堂？我把我那束賣了，我老婆的她不肯賣，要留下來。

那攝影師叫我們在教堂前再拍幾張照片，又說會將整套拍好的用郵寄寄給我們。我們留了地址給他，以為他只會把照片賣給報館，絕對不會寄回給我們。結果照片居然寄來，真慚愧。

一切辦妥，我四十歲了，又結一次婚了。

回到酒店，他們已得到風聲，讓了一間蜜月套房給我們住，因為我太太莎麗嘉的國籍，酒店給我們的是印度的蜜月套房。

雖然此舉很有心機，我也謝謝他們，不過增加了我許多麻煩。

首先，那張床沒有腳，是用四根粗繩，由天花板上吊下來，要爬進去，可得花一番功夫。更糟糕的是，酒店以為是印度的風俗，把四個鈴子掛在那四條粗繩上。這麼一來在門外的印度父母，會聽到春宵一刻是否圓滿。

我那時已把我太太的肚子弄大了，那四個鈴子對我們一點也起不了作用。

當晚，我花了差不多兩個鐘頭，也解不下那四個鈴，最後一招，惟有打電話給酒店服務，要了四個漢堡包，把那四個包子塞進那四個鈴，才得一夜好睡。

和尚與狂僧

黎智英打了一個電話來，說：「今晚約了邱永漢先生，大家聊聊如何？」準時抵達，見邱先生夫婦比我早了一步。互相交換名片，為的是讓邱先生知道我公司電話，他老人家的著作我買了數冊，連他女兒寫的小說也曾讀過，已不用介紹。

邱先生以粵語交談，原來他太太是廣東人，所以會講。但帶的口音，我相當熟悉，用閩南語問道：「邱先生是台南人？」

「你怎聽得出？」邱先生大樂，我正要解釋，門鈴響，是畫家丁雄泉先生來了。

黎太開香檳，丁先生鯨飲，他要我也來一杯，我嫌氣多，改喝威士忌。

「除了拍電影，還搞些甚麼？」邱太太問，她是一位端莊的女士，非常賢淑。

「想搞一間教人煮菜的學校。」我回答。

「好呀，是時候了，香港作為美食天堂，應該有那麼一家學校。」邱太太贊同。

「怕不怕九七之後沒人來？」我問邱先生，他是經濟學家，一定有獨特的見解。

「遊客不來，高幹子弟來。」邱先生笑道：「不會有影響的。」

丁雄泉先生對這種話題顯然地不感興趣，連乾數杯香檳，飲前的送酒菜，是油泡糯米雞。

這一道菜是丁雄泉先生在紐約一家常去的中國菜館的拿手好戲，黎智英吃過讚不絕口。前一陣子在「福臨門」吃飯時，他向經理說：「你請廚房做做看，失敗不要緊，我付錢，你們試，試到好為止。以後在餐牌上也可以加道新菜呀！」

餐廳經理當然樂於從命。

油泡糯米雞的做法是這樣的：先把一隻肥雞洗淨，拆去骨頭。拆骨要有技巧，這家餐廳的廚房做得到。

然後用傳統技術生炒糯米，配料有火腿、臘腸和炸好的花生。炒至八成熟，將糯米塞進雞肚之中。最後用炸子雞的方法，將整隻雞油泡，肚中的飯也跟着全熟。

大家品嚐此道菜。我對炸的東西沒有好感。「福臨門」的荷葉炒飯做得比魚翅更佳，建議把糯米生炒至六成熟，塞入雞中炸至八成，再用荷菜包而蒸之，也許更高一個層次。

「好。」黎智英説：「我剛請了一位師傅，從前在法國駐非洲大使館中做菜的，明年就可以申請到來香港，之前我和丁先生一齊去非洲畫畫時和他會合，大師傅可以幫我們試試這個菜，相信他一定做得好。」

「你也來。」丁雄泉先生向我説。

俗事纏身，到時不知道走得開走不開？不敢答應。

「把一大塊畫布掛在原野上，看到那群成千上萬的動物在找水源，那種氣魄，怎麼畫不出好畫？」丁先生越講越興奮，六十幾歲之人，像一個孩子：「還有那些黑得發出藍色的非洲人，也是很好的題材呀。」

説得我有點心動了。

丁先生做最後的引誘：「你要來，我就送一張給你。」

我完全投降，又有糯米雞，又有丁先生親筆畫，不去怎行？

邱先生靜靜地聽着，也有興趣。他的年紀和丁先生相若，但個子比較小，頭已禿，微笑的時候，似一高僧。

拿出幾本書來送給主人，邱先生一生孜孜不倦地寫作，現在已有數百種出版。

「我寫文章有兩個原則。」邱先生說：「一是絕對不重複我的觀點；二是保持可讀性高。這本書我寫後沒時間校對，一下子印了出來，出版社的人告訴我，我講的同個理論，出現了三次。」

大家聽完都笑了。邱先生作為著名的學者，懂得自嘲，更是難得。而且奇在他寫作之前，已經全部在腦中構思好了，將一張稿子填滿，從沒錯字，也不作修改，計算得比小數點還要準確；電腦編排，也不及它精密。

「當年紙張缺乏嘛。」他說。

越談越高興，老酒又喝了幾杯，丁先生和我都有點醉意。

回到開烹調學校的話題，邱太太問我：「甚麼時候開始舉辦呢？」

「八字還沒有一撇。」我說：「現在正在寫企劃書。」

丁雄泉大叫：「辦甚麼燒菜學校，太正經了。那多沒趣！不適合你的個性。人生苦短，要賺錢也得一面歡樂，一面做事呀！」

我完全明白丁先生的道理，就說：「好，那麼到澳洲去開妓院吧！那邊是合法的。」

「對，就開妓院！」丁先生大樂：「而且開個連鎖店，每一家的客廳我都為你畫些畫擺設！」

「甚麼？甚麼？」邱太太聽了愕然，怎麼話題從開學校轉到開妓院去呢？

在一旁的黎智英太太忍着不笑，忍得辛苦。

「説説玩罷了。」我向邱太太説，她才釋然開懷。

歡樂之餘，告辭返家，乘的士途中，想起邱先生和丁先生，像一位和尚和一位狂僧。兩個都不似今人，各有各的路走，道不同，但又有吻合之處。人生，對於他們，都已無憾。

小鎮寄來的聖誕卡

林大洋又收到由法國小鎮寄來的聖誕卡。

信封上的字跡，和以往的不同。林大洋的心，即刻感到不安。匆忙地撕開信封，夾在卡中的信，寫的並非法文，而是以流暢英語寫着：

親愛的大洋：

饒恕我這麼親熱地稱呼你。因為，從拉文醫生（我的丈夫）收到的聖誕卡，我好像已經認識了你很久、很久了。

拉文醫生三個月前去世，我本來想即刻通知你，但是我當時實在悲傷得舉不起筆來。

聖誕節又將來到，想起你每一年老遠地由東方給他送卡，我不得不代他回寄一張。

從你的第一張卡片，我才知道世上有一個叫 Beni 的女人存在。因為我學過一點日語，也知道由這個名字的發音，在日本文中，是「紅」字。

你在卡上問我的丈夫，說有沒有紅的消息？他看了把卡片扔進字紙簍裏，這才令我感到好奇，等他不在的時候拾起來看。我是從來不干涉他的生活的人，但我也了解他是一個不會輕易把朋友的卡片丟掉的人。

再下去的九年，你的聖誕卡依時寄到。看了扔開，變成他的習慣，我更想知道他為甚麼那麼忍心。

從你卡片的文字中，我知道你也是紅的男朋友，在東京留學時認識了她。她離開後一直沒有音訊。你向我丈夫打聽，因為，紅曾經告訴過你，她在這個小鎮，有一個情人，叫拉文醫生。

我看了之後晴天霹靂，我從來也沒想到這位好好先生，背着我，和另外一個女人發生過一段感情，但我只能暗中流淚，他不告訴我，我是不會問他的。

到了第十一年，我看到他也買了一張卡，只簽了一個名，甚麼都沒寫。信封上有你的名字和地址，在聖誕之前寄出。

我一方面很悲哀，因為他回了你的聖誕卡，表示還記得這個女人。另一方面，我也很高興，我知道沉默寡言的丈夫，還是有人性，有感情的。

也要謝謝你，因為你這十年的真誠，打動了他的心。

在第十二年，你的聖誕卡比往年重，我將郵差送來的那一疊來信中檢出你那一封，拿在手上，發現到的。

交了給他，我在屋中遠處，望到他翻看着卡片，在閱讀你夾在中間的來信。看完，他打開抽屜，藏好，上了鎖。

他雖然知道我不會翻他的東西，但還那麼小心，一定有他的原因。我又看到他這一次除了簽名，還在卡上寫了幾句東西。我很想知道他寫了甚麼，我也試過把你次年封得很密的信拿到蒸氣上烤，但是剝到一半，我的自尊心不讓我做下去，也許是我沒有勇氣去知道你們之間，談的是些甚麼。

時間很快地過去。直到他死去，我才打開那個抽屜。

你那疊聖誕卡，依信封上的年次，整齊地擺着。

你的法文，用得非常生硬，文法錯處很多，雌性雄性的名詞搞不清楚，看得出你是一個以英語系思考的人，也看得出你知道拉文醫生只懂法語，你是很用心翻着字典去寫。

從這二十六封夾在聖誕卡中的信裏，令我深深地感動，男人之感情竟然可以維持得那麼長久，那麼深厚。

雖然你們沒有見過面，但你們互相地尊敬，互相地羨慕對方，和共同的愛人，在一起度過更多的時間。

你信中提到紅常向你說過，拉文醫生和她做完愛後，替她按摩，她一生人中，沒有感受過這種溫柔的刺激。我應該妒忌她才對，因為我丈夫從我們戀愛到結婚，未曾這樣對待過我。但是，我好像感覺這是紅應該得到的，拉文醫生有沒有撫摸過我，已經不是重要的了。

紅深深地愛過你，你是她的第一個東方人，她也為你寫了一本詩集。啊，我們這些法國人，怎麼老是愛寫文章，好像人人都要出版一本書才心甘情願似的。

你曾經託過拉文醫生替你找這本詩集，因為紅寄給你那一本，你帶去流浪時被人偷了背包，不見了。我知道我的丈夫沒找到，這個任務就交給我吧，我會努力的。

我也很佩服你的恆心，你的信封上只寫致拉文醫生，和我們這個小鎮的名字，好在我們這裏只有他這麼一個醫生。現在他走了，我把正式的地址寄上。

希望明年再看到你寫給我的聖誕卡，這次用英文好了，我想你用英文，更能表達你的心意。聖誕節中，只有快樂。

永遠是你的朋友，拉文夫人。

林大洋讀完這封信，把它小心地放在抽屜裏面，和那疊二十六封擺得很整齊的聖誕卡放在一起，上了鎖。

回到臥房，他的老妻已經入睡，替她拉好被單，躺在她身邊這些年來，林大洋已經在歡笑中才淌眼淚，悲傷裏他不會再哭。今晚他的枕頭濕了。

聖誕節那天，林大洋獨自回到那空溜溜的辦公室，他沒事做，但不想留在家。忽然，傳真機作響。走近，第一頁傳來的四個圓形的東西，各個中間有顆蒂，到底是甚麼？仔細一看，原來是兩個女人，將胸部壓在影印機上的乳房。

第二頁寫着：「親愛的大洋：昨夜家中來的一個稀客，原來是紅。我們談了一晚拉文醫生和你的事，做了好朋友，而且決定下星期來香港探望你。我們的身體，還是誘人，有圖為證。祝聖誕快樂。拉文夫人、紅。」

林大洋笑了，他已很久那麼開心過。今年，將是好的一年。

禮物

「喂，你下星期在不在香港？」電話中傳來林大洋的聲音，他是我在香港最好的朋友。

「幹甚麼？」我問。

「法國來兩個女人，」他說：「你幫我陪陪她們。」

「你一個人應付兩個，沒問題。」我懶洋洋地。

「是沒問題。」他大言不慚地：「但是應付一個老婆，就有問題。要是我向她說是和你出來，她不會懷疑。」

哈，我的信用真的那麼好嗎？給林大洋間接地一讚，有點飄飄然。答應之前得確定一下：「怎麼的女人？」

「一個是醫生的太太，丈夫剛去世。一個還沒結婚，寫詩的，名字叫紅。」

寡婦沒興趣，女詩人不錯呀。紅，這個名字又很特別。但還得弄清楚一點：

「多少歲人?」

「你別管，看了就知道。」林大洋有點不耐煩我那麼問長問短。

「你那麼賣關子，一定很老。」我說。

林大洋斬釘截鐵地：「好的女人，是不會老的。」

即刻投降，約好下星期一五點鐘在文華酒店見面。

「她們剛下飛機，說洗個臉就下來。」林大洋建議：「我們先到 Captain’s Bar 去喝杯東西。」

「你怎麼認識她們的?」我已經忍不住追問。

「紅是我在東京認識的；拉文醫生太太，我從來沒見過，不知長得是怎麼一個樣子。」林大洋說。

「紅好不好看?」這點最重要。

林大洋點頭，我鬆了一口氣。

「紅很美，第一眼見到時已有好感。」林大洋回憶：「她是一件禮物。」

「禮物?」

「說起話長，」林大洋詳細道來：「我在日本留學時，約了學校餐廳的女會計去近代美術館看法國電影回顧展，還以為自己開始拍拖，哪知道在戲院外頭遇到一個長頭髮的日本女子，就把身邊那女的忘記，拼命看着她，她深深地吸引着我，可以說是一見鍾情吧。」

「你真花心。」我說。

「不是花不花心，年輕的我充滿好奇，每個女人的身體我都想看一看。接着，一換新片，我就去看，希望下次能見到她。果然，她來了，見了幾次面之後，我本來想和她點點頭，但她身邊出現個男的，我以為完了，一切破滅。但我還是不死心，繼續去看戲。她好像也是個法國電影迷，接下來的幾次，是獨自前往，我終於對着她笑了一笑，她也客氣地打招呼。我已經滿足，不敢進一步和她交談。當晚，我興奮得睡不着覺。」

「你的膽子不小。」我觀察。

「當你愛上一個人之後，愛得夠深的話，甚麼禮義廉恥都丟開一邊。我終於和她談了一兩句，知道她是在一家法國電影公司的宣傳部做事，並在學法文。看電影，是最好的自修。」

「後來呢？」我問。

「後來再遇到她時，約她看完電影喝咖啡，談剛剛看過的戲，越談越投機。喝完咖啡送她到車站，已經高興得要命，約好下次看戲一起進場。就那麼漸進式地，我們拍起拖來。擠電車時身體碰着身體，大家有感覺，接下來就是接吻、撫摸和做愛了。」林大洋幾乎閉起眼睛在享受過程。

「那時候你幾歲？她呢？」

「我十八，她二十六，大我八歲。」

想不到面前這個林大洋那麼厲害，比他大八歲的女人都殺。

「結果我們同居了三年。」他繼續：「她漸漸感覺到年紀不小，再不出國，便沒機會。我還年輕，又想認識多幾個女孩子。一天，她告訴我，已儲夠了錢，要去巴黎了。我沒阻止她，送她到橫濱上船，她乘船到西伯利亞，再坐火車橫跨蘇聯，從莫斯科飛往巴黎，是最節省的辦法。一路上，她不斷地寫明信片給我。在法國時，錢用完了，曾經叫我寄點過去，我也省吃儉用，盡量幫她。」

「你沒到巴黎去找她？」我問。

「我也想過，但是後來她的信越來越短，越來越少，到一直沒消息。一天，接到她的請帖，她嫁了一個越南和法國的混血男人，我傷心到極點。但傷心歸傷心，人還是要活下去的。過了一段很寂寞的日子，電話響，我一聽，是一個叫紅的法國少女打來的，說是那長髮女子的朋友，約見面，我請紅吃飯，大家用英語談得很開心，她要我送她回家，我照辦，到了她樓下，她一把抱着我接吻，當晚就和她上了床。」

「怎會那麼快？」我追問。

林大洋嘆了一口氣：「事後她告訴我，在巴黎時長髮女人曾經收容過她，讓她住在家裏一段很長的時期。她不知怎麼報答，長髮女人問她說可不可以答應她一件事？那就是遇到我時和我睡覺。紅點頭，把自己當成一件禮物。」

「大洋。」一個女人在叫他。

我們起身轉頭，走進來兩個中年女子，一個金髮，一個棕色，她們相貌娟好，身材也保養得不錯。

林大洋和其中一擁抱着，再伸出手握另外一個：「你是拉文醫生太太？」

棕髮女人點頭。林大洋介紹給我認識。

「叫我勞拉好了。我原本是西班牙人，『Laula』這個名字英語是羅拉，但我們發音為勞拉。」她說完指着金髮女人：「她是紅。」

「我聽大洋提起過你。」我和紅握手。

紅和林大洋是好過，當然讓他們一起，勞拉和我並肩坐下。雖說是老朋友，但多年不見，氣氛有點尷尬，我起哄地：「來，喝酒。」

大家都舉手贊成。雙份威士忌，不加冰，刷刷刷，一連三杯入肚，笑聲越來越響。

「記得箱根的溫泉嗎？」紅問大洋。

「記得。」大洋說：「那是一個冬天，忽然有光，妳說這是印第安人的夏日。」

我們四人都前後去過箱根。

「印第安人的夏日，人的影子，很長。」勞拉說。

「唔，」我回憶：「我也是冬天去的，影子的確很長，很長。吃完了早餐散步時感覺到的。」

「那頓早餐真豐富，有麵豉湯、燒鮭魚、紫菜、蒸蛋、烤牛肉。吃飯之前先喝口茶，來粒酸得要死的酸梅，清清腸胃。」紅說。

說起吃東西，肚子餓了，我們拉隊，步行至「陸羽」。

又喝了很多酒，舉杯的時候，我發現勞拉深情款款地望着大洋。紅和大洋不時擁抱，她又喜歡用手指捏大洋的面頰，大洋有點不好意思，瞄了勞拉一眼。

「勞拉的丈夫是我的情人，我又是大洋的情人，大洋和勞拉不就等於是情人嗎？」紅醉了，胡言亂語。

「好了，好了，你們情人來情人去，那我算是老幾？」我假裝生氣，起身要走人。

「坐下，坐下。」勞拉按着我，雙手抱過來：「他們兩人才是真正的情人，今晚讓他們去敘敘舊，我來陪你。」

我心頭一恍，這個「陪」字，作何解釋？

紅看到我愕然，笑得花枝招展：「你們東方人，性觀念太過保守了。」

「誰說我們保守？」林大洋代我打抱不平。

「你還敢說？」紅指着大洋：「我第一次和你見面就睡覺，不是把你嚇個半死嗎？」

「我真想看他那個樣子。」勞拉笑得彎腰。

看勞拉也在笑他，林大洋漲紅了臉不出聲。

「法國人有的也很保守。但是我們大多數知自己要些甚麼。」紅說：「對一個人有好感，做愛有甚麼了不起的？不是和打籃球、跳探戈一樣嗎？出整身汗，連腳趾公也運動了，那有多好！」

林大洋口吃吃地做出反擊：「從……從前還安全，現……現在有了愛滋，怎能，怎能太隨便？」

紅忽然從皮袋中拉出一串六個的保險套，大聲地叫出：「Have Condoms, will travel（有保險套，可以旅行）。」

勞拉又笑得眼淚都快流出來，幫紅把保險套一個個塞回皮包，她說：「這餐飯太好吃了，太愉快了。到底沒有年輕時那麼有體力，感到時差，有點疲倦，回去吧。」一路上，紅唱着《馬賽進行曲》，勞拉扶着她，大洋和我走在後面。

「勞拉對你也有意思。」我說：「你今晚上就把她們兩人搞掂吧，我自己回家。」

「不，不。」大洋搖頭：「怎麼可以？你要送我回家，我老婆才不會問長問短，要走，送了她們之後一齊走。」

到電梯口，大洋說明天要再帶她們遊山頂。

「我知道你是灰姑娘。」紅糾纏不清：「上來再喝一杯，十二點之前放人。」

「晚安。」勞拉打開門鎖，向我們說。

紅不管三七二十一，把大洋推進房內去，紅的眼角有顆淚，向他們說：「拉文要是沒死，也希望你們在一起的。」

大洋和勞拉聽了有所感觸，默然地擁抱進房，我轉身告辭。

「沒那麼容易讓你走。」紅一把把我抓住，她並沒有醉。坐在床上，她娓娓道來：「我和大洋雖然好過，但是經過那麼多年，我們好像已經是陌生人了。他們兩人沒見過面，一直通訊，互相敬仰愛慕，那才是真正的情人，今晚不讓她們做愛，太不近人情。大洋告訴我你一直照顧着他，你是他最好的朋友。來吧，在這一刻，我是他送給你的禮物。」

綠眼公子

大苑閣的伎生派對，進行得如火如荼，傳統韓服的大裙子飄了又飄。其中一個伎生雖然是純韓國人，但濃眉長髮，鼻子筆挺，帶着西洋美女的味道。

我們一群男的已喝得醉醺醺地。二十多個女人，大家的目光全集中在她一個人身上。

而這個女人一跳完舞，便毫無條件地躺進我的朋友劉喬治的懷中。當晚她不管媽媽生的反對，忘掉伎生只賣藝不賣身的傳統，跑到漢城的半島酒店去，和喬治度過溫柔的一夜。

語言不通，全靠手勢和眼神，為甚麼她偏偏地選中喬治呢？完全因為喬治的那雙綠色的眼睛。

喬治和他弟弟卜，是一對混血兒，父親是中國軍閥，母親為蘇俄的芭蕾舞巨星，雙雙早逝，把這兩兄弟留在香港受教育和長成。

父母的遺傳下，原名劉幼林的弟弟卜的樣子完全是洋人，但是有一對烏黑的眼睛，而做哥哥的喬治，原名劉少林的，一看和你我沒有甚麼分別，但是在他微笑中，你會發現有點不對，那就是讓伎生沉醉的眼睛，完全碧綠，深不見底。

喬治親自告訴我的故事，兩兄弟上了酒店電梯，當年還有個老頭開的那種。老頭很恭敬地問弟弟卜說：「Which floor, Sir?」

卜回答後，老頭轉過頭來，粗暴地對着哥哥喬治，說：「喂，幾樓？」

就那麼不平等的環境下，兩兄弟各自掙扎奮鬥，在香港闖出了名堂。卜當了美聯社的遠東社長。

有些讀者也許會記得，當年隨着英文報紙贈送的一份刊物叫《Asia Magazine》的，它實在是圖文並茂，編得很有水準的。這份東西的主編，便是我這個老友劉喬治，全是他一手一腳建立的。

之前，喬治已是一位很有權威的記者，訪問名人政客無數，又因為他長得高大英俊，加上那對神秘的綠眼，香港社交圈中以請得到他出席為榮。

喬治在電影界裏也吃得開，和邵氏電懋的關係良好，尤其是與胡金銓的交情甚篤，常撰文把胡的作品推薦給受英文教育的讀者。

認識喬治的時候我只有二十歲。在京都。

星光燦爛的亞洲影展，是受各國注目的娛樂圈大事件。每個地方派出兩名評判員參加，喬治代表香港，他還負責把香港明星介紹給大家，當年他帶來的是一部電影都還沒有拍過的胡燕妮。

可能是他們兩個同是混血兒的關係，喬治對燕妮愛護尤深，當他穿着黑禮服擁着燕妮的手臂由酒店走來的時候，各國攝影記者的閃光燈亮個不停，忘記了走在他們前面的日本大明星。

各個國家的評判員都甚有地位，日本是著名的和尚作家今東光，菲律賓是革命詩人尼克·華金斯等等。由新加坡來的只是我這個嘴邊無毛小子，身份為影評人。我從十四歲起就寫影評，略有資格。

我們看完多部悶片之後常閒聊，當時能參展的電影全都是娘娘腔的文藝片，男女主角必得病而死，我說這不是亞洲影展，是亞洲病院，令所有評判員哈哈大笑。

有次我們大喝啤酒，走出餐廳後看見一條很乾淨的河流，河上有條小橋，大家都忍不住了，一齊排排隊地踏在橋上，準備拉出傢伙解決。一個警察走過來喝道：

「不准小便！」

我笑嘻嘻地：「不是小便，拿出來看看罷了。」

喬治從此更喜歡我了，我們兩人做為朋友，每晚談天到黎明。

「我送一個最好的禮物給你。」喬治說。

禮物是他弟弟阿卜劉幼林，喬治要我好好照顧他。我比卜還小，怎麼照顧？因為卜沒親人，我變成他的家長。當年大家都住在東京，來往密切，後來在香港又在一起，我介紹了張艾嘉給卜認識，兩人結婚，又離婚，那又是另外的一個故事。

回去談喬治。女人叫拜倒石榴裙下，男人怎麼形容？喬治身邊的美女無數，但在一個下雨的晚上，喬治走進一家夜總會，舞台上站着的是出名的菲律賓名歌星Estella，當喬治聽完她的一首怨曲之後，便注定和她長相廝守。

Estella為喬治生一男一女。喬治後來被亞洲信託銀行請去做經理，不當記者了。他們長居馬尼拉，兒女長大，全家人又移民到美國華盛頓州，喬治平靜地過着弄孫的生活，每次來港玩，我們都相聚敘舊。

由卜的電話中，我知道喬治患心臟病逝世，享年六十五，算是半個中國人，加一歲二個月，應說為六十七。

那麼多遊歷過的地方中，喬治最喜歡夏威夷，一直想重訪，但沒去到，他個性開朗，不愛悲哀。家人跟隨他的願望，葬禮之後到夏威夷去度假，把他的骨灰撒在夏威夷的大浪之中。

我想，只有深藍的海，才能配襯喬治的綠色眼睛吧？

萬荷堂堂主

「你來了？好，好，我派司機來接你。」黃永玉先生的語氣是高興的。

上一次到北京，已是六七年前的事，現在機場是新的，很有氣派。街道兩旁的大廈和商店林立，比以前多。黃先生住的「萬荷堂」離市區要一個小時的車程，車子約好在下午兩點，我剛吃過午餐，上車就睡。

一醒來已經到達，簡直不肯相信在茫茫的農地上有座那麼大的古堡式的建築，經過的人還以為是甚麼電視片集搭的外景呢。

車子進入一城門。只聽到一陣犬吠，接着就是幾條大狗想往我身上撲來，但給黃先生喝了下去。

「地方到底有多大？」是我第一個問題。

黃先生笑着：「不多，一百畝。」

我想中國畫家之中，除了張大千在巴西的田園之外，就是黃永玉先生擁有最大的一塊地了。

「先帶你四處走走。」黃先生說。

入眼的是一片長方形的池塘，現在晚春，荷葉枯乾。種上一萬株荷花絕對不是問題，十萬也種得下，若在夏天盛開，當然是奇景。

圍繞着荷池的是很多間建築，都是二層樓的客房，裏面擺設着黃先生自己設計的傢俬和他一生在外國收集的藝術品。

「我說過，你要是來住，就給你一間。」他笑着說：「到了荷花開的時候，請歌舞團在台上表演，你可以從閣樓觀賞。」

沒經驗過，只有靠想像，黃先生一定會約好他的老友，一家人住一間，效古人之風雅。

「我最想看你的畫室。」我說。

「這邊，這邊。」黃先生指着，門上的橫額寫着「老子居」，好一間「我的畫室」其大無比，鐵板入牆，讓磁石吸着宣紙邊緣，畫巨大的作品。桌子上的畫筆和顏色零亂擺着，要些甚麼，只有黃先生一個才找得到。

「今天早上畫了兩幅，還沒題字。」黃先生說完拿起毛筆。

整張畫上一下子題滿了跋，題跋是中國畫中不可分割的部份，但從來未見過一位畫家像黃先生那麼愛題跋的，他的跋就像詩人的短章，或是一篇很精簡的散文，也是他的語錄。時常很有哲學味道，多數詼諧幽默，坦蕩胸襟。意味深長的有：「世上寫歷史的永遠是兩個人：秦始皇寫一部；孟姜女寫一部。」或且輕鬆地說：「鄭板橋提倡難得糊塗，其實，真糊塗是天生的，學也學不會。假裝的糊塗卻是很費神，還不如別效法為好。」

犀利的是，跋在畫的空白處一下筆揮之，隨想隨寫，不打稿，也不修改，寫到最後剛剛好填滿，不鬆懈，也不過密，最重要的是沒有破壞整張畫的構圖，只增加神采，是「胸有成竹」這四個字的活生生例子。

惹禍的貓頭鷹就不必題跋了。他說過：「我一生，從不相信權力，只相信智慧。」

在一九五三年他和齊白石合拍過一張照片，老人身旁那位大眼睛的少年，一看就知道是位聰明絕頂的人物，黃先生是位生存者，在任何逆境之下都能優哉游哉地生存下去，文革難不了他，主人輕描淡寫地說：「我的八字好。」

何止天生？後來的努力，也可以從他畫的白描樹藤見到，那種複雜錯綜的線條一根搭一根，比神經線還要精密，又看不出任何的敗筆，要下多少功夫才能完成！

我們在客廳坐下，湘西來的姑娘捧上茶來，我問她：「這麼大的地方，要用多少人？」

「就是我們四五個人。」她回答：「還有十幾條狗。有人進來先要過狗這一關，然後……」

黃先生從門後拿出一根木棒，要我試試它的重量，木棍雙頭鑲着銅，棒心填滿鐵沙，重得不得了，他示範着：「這種棍不是用來打人，是對着人家的心臟捅。」

接着他問：「你知道打架的藝術嗎？」

甚麼，打架也有藝術？黃先生接着告訴我一個故事：「文革時期周恩來先生帶着我一群藝術工作者到處避難，有一個出賣過我們的壞蛋專門與我作對，我們去到哪裏他跟到哪裏，用小冊子記錄行蹤，看有甚麼行差踏錯，準備把報告寫給江青。四人幫消除後我找上他住的旅館，見人就打。打架的藝術，是在把自己豁了出去，不怕被人打，只是打人。」

個子小小的黃先生，打起人來，也夠嗆的。

其他客人陸續來到，有黃苗子和郁風夫婦，都是老友了，他們大部份時間住澳洲兒子家裏，在那邊也看《壹週刊》我的鬼故事，說像躺在床上寫得那麼輕鬆，我很想解釋是捱夜逐隻字寫，但也只笑着不開口。

接着來的還有作家李輝先生夫婦，六個人一塊吃黃先生燒的湘西菜，喝他設計酒壺的「鬼酒」牌白酒，樂融融。想起了有一回帶了蘇美璐去黃先生香港的畫室，可惜這一回少了她。

「荷花開的時候，你再來。」臨走時黃先生叮嚀。

我打定主意，不但去北京，還要跟他去他的家鄉湘西鳳凰縣走一趟。

二、魚齋主人

陶傑撞車記

和陶傑兄一起旅行，帶了一百二十位團友到北海道，名為「雙龍出海」，前後兩團，共二百四十人。

晚上在旅館的宴會廳進餐，場面壯觀。舞台上擺了兩張桌子，做現場表演，大夥兒都穿同樣浴衣 Yukata，我很習慣。陶傑較陌生，差點走光，團友看了笑哈哈，已是一個非常精彩的開始。

陶傑人若其文，抓到個題材就可以滔滔不絕敘述，相對上我頗話少，團友有問題才三言兩語作答。像在做《今夜不設防》，黃霑說得多，陶傑也說得多。團友問起，我還是那句老話：「酬勞一樣，說那麼多幹甚麼？」

也真佩服陶傑的記憶力，天南地北，無事不曉，唐詩宋詞，一字不漏背出。這場表演一共做了兩次，內容完全不同，看團友們的反應，還算熱烈，過得了關。最動聽的一段，莫過於陶傑談起他的撞車事件。

話說十年前，陶傑在一家英文報紙當總編，每晚截稿之後，與其他兩名採訪主任乘公司車回家。

習慣上，陶傑總坐在車頭司機旁邊那個位置。事發當晚，本來乘另一架車子的洋人編輯提早下班，趕來同車。陶傑見他胖嘟嘟，後面三人坐得辛苦，就讓了前面座位給他。

車子以高速駕駛，經舊啟德機場隧道時，陶傑一看，一輛賓士車，同樣以一百多公里速度迎面而來。

怎麼閃也避不了，司機本能上扭轉軚盤，說時慢是時快，賓士車已轟隆一聲巨響，把那個肥洋人撞得臉扁掉，血液從七孔噴出，即刻死亡。換了陶傑的話，也已沒命。

賓士車以殼硬著名，陶傑們坐的是日本產，撞得像個鐵風琴。坐在後面的他，那一剎那並不感到痛楚，一摸到腳，像一條裏面沒東西的空褲管，一點感覺也沒有。臉部無傷痕，後來驗出，腹中橫隔膜幾乎撞破，肺部也因受到衝擊，提高了兩寸。學廣東話說，頂你個肺。

等了大半天救傷車來到，醫務人員用擔架把陶傑抬上車時的衝撞，才是要命的痛，他暈了過去。

醒來，發覺被放在醫院走廊，急救房不夠用之故。坐在陶傑身邊的那兩個洋人受的傷並不厲害，但死去活來大聲嘶叫，夜間醫生們就先把他們處理，身為白皮膚有好處。見那個黃色的病人似乎不太嚴重，慢點才醫。

多個小時後，陶傑已奄奄一息，剛好有個見習醫生這時上班，一看他的臉色已發白，知道不對，即刻推進手術室開刀清除內出血。腿上骨頭的碎裂，已是小事。

躺在深切病房的陶傑，一共睡了六七天，全身創傷，但腦筋有時還很清醒。很奇妙地，其他功能遲鈍了，聽覺卻異常地擴大，任何細微的響聲，都清清楚楚。自己的心跳，啪啪啪啪，每一震動都發生巨響；呼吸時而順暢，時而不規則，唏唏唏唏，有如哮喘，有如癆疾；嗒嗒嗒嗒，吊下來的鹽水，像有節奏的瀑布，時落時止。

最令人毛骨悚然的一件事是，深切病房中，並不止陶傑一個人，每天都有一兩條鹹魚被抬走。搬運工人知識並不高，愛賭幾手，時常叫出號碼，說今天一定三搭七，來一個孖Q；又猜到可能是二、五、八，來個三重彩，都是賽馬時專用的術語。

陶傑被排在十四號，不知道甚麼時候輪到他。

另一件事科學也解釋不了。深切病房中每個病床都被不透明的塑膠帳幕隔著，陶傑聽到他父母討論：

「要不要請外面的專科醫生來檢查？」陶媽媽說。

「伊利沙伯醫院的政府醫生，都是一流水準，現在這個關頭，交給他們最妥善。」陶爸爸說。

「但是問多一個意見，總是比較放心。」

「不用了，我相信他們。」

接着聽到父母的哭泣。

半個月後，陶傑脱離了危險期，從深切床位搬到普通病房，雙親來探望。

「我昏迷時，好像聽到你們在商量找專科醫生，有沒有這一回事？」陶傑問。

「有呀。」他父親説：「但是奇怪了。」

「奇怪甚麼？」

「當晚我們從港島家裏趕來，醫生説不能探病，我和你媽媽為了方便第二天再來，就在醫院隔壁的油麻地大華酒店租了一間房住下。商量的時候我們在房間裏，離開那麼遠，你怎麼可能聽到？」陶爸爸說。

靈魂出竅，原來真是會發生的。

有位漂亮姑娘在撞車後兩個小時就趕到醫院，不休不眠，一直陪伴他，就是當今的陶太太了。

現場表演，還讓團友們發問，甚麼題材都行，總之坦蕩蕩作答。

「九龍塘愛情酒店事件，是不是真的？」有人大膽地問。

「當然沒有這一回事，不過是送一位同事到地鐵站回新界。」陶傑說。

眾人露出不相信的表情。

陶傑說：「經過那場車禍，感到生命的脆弱，更應該及時行樂。所有事真的也罷，假的也罷。最重要的是家有賢妻，理解和處理得好就行了。」

過大禮

助手徐燕華，是老友徐勝鶴的女兒，從小看到她大，嬰兒時拍的一張照片，前額頭髮翹起一束，記憶猶新，想不到她就快要嫁人了。

男的叫梁錦明，從前在無線電視當導演，專攻綜藝節目，當今已獨立，組織製作公司，接了很多單生意做。如鄭秀文和郭富城的演唱會，都由他製作。

說起他們的婚姻，我也是半個媒人。當年拍《蔡瀾嘆世界》那個旅行節目，有很多集是梁錦明當導演，工作落力，交足貨，我對這小伙子鑾欣賞，後來拍到日本，剛好徐燕華在東京留學，就叫她出來做翻譯，兩人拍攝時期耳鬢廝磨，結成情侶。

一天，徐燕華說對方要來「過大禮」。

「甚麼？」我從沒聽過甚麼叫過大禮的。解釋後才知這是廣東人的習俗，下聘的意思。

約好了當天在女家九龍塘的住宅收禮物，我早上十一點鐘準時到達，見梁錦明駕了一輛麵包車在門口等待。

「還不上去？」我問。

「男的不能親自到女家，要找兄弟代送。」他說。「蓮姨是這麼吩咐的。」車上走下梁錦明的死黨，當資料搜索的練瑞祥和導演的謝志超，兩人都是在無綫時期的同事。只見他們從車上大包小包地把東西扛下來。

我先進門，家裏已擺着些禮品，是蓮姨一手經辦的。徐家有四位家政助理，都是中國人，燕華由蓮姨帶大，她的記憶力特強，有關婚嫁和風水及一切拜神祭祖事，都記得清清楚楚，所以都向她請教，這回男方要送些甚麼禮，也是聽她。

「蓮姨你真厲害。」我說。

「沒甚麼。」她若無其事地：「我自己結婚也見過，替兒子女兒娶妻嫁人就照樣做了。」

好奇看看有甚麼?乖乖不得了，分男用及女用。前者有椰子，代表成功的開始，椰子連皮連殼兩粒，有些人說是象徵男人的睾丸，好傢伙，要是有兩粒那麼大的，可打破健力士大全。

另有檳榔、柚葉、黃皮等，取兒孫有好事業的兆頭，扁柏也是，青篗等取福慧雙修，衣食無憂。

女用者則有禮藕，其實只是普通藕，但說成家安宅吉、佳偶天成之意，石榴則取其有子。

最奇怪的是一枝延延尖尖的芋苗，這是代表男方的生殖器，送禮的練瑞祥笑着說：「一路來新郎最緊張這根東西，叫我們千萬別折斷它。」

其他禮物數之不清，計有海味八式，髮菜不算在其中：鮑魚、蠔豉、乾瑤柱、冬菇、魷魚、海參、魚翅、魚肚；四京果：龍眼乾、荔枝乾、合桃乾、連殼花生，俗稱四京果。

還有茶葉和芝麻。別以為太麻煩，舊時不只茶葉那麼簡單，還要送整棵茶樹，當今城市中哪來茶樹？而且茶樹不能移植，故以茶葉代之，祝願不移之情，亦有暗寓一經締結婚約，女子便要守信不渝，絕無反悔。

俗稱為「禮全盒」的內放蓮子、百合、紅豆、綠豆、紅棗，還有紅繩頭、利是、聘金、飾金等。男方更要預備龍鳳燭一對及對聯一對。

說起對聯，好彩沒有叫我寫，不然不知寫些甚麼，我自己又沒嫁女經驗，要找書本來抄，可是煩事。

我最初以為過大禮送個餅算數，原來它是最不重要的一環，但份量不可少。餅分皮蛋酥、合桃酥、雞蛋糕、紅綾、黃綾、豆沙酥等六種（後來發現皮蛋酥是最好吃的）。這些餅加起來要一百斤，平均每斤四個，總共四百個。四百個餅送人都送到手軟，莫說自己吃了。

練瑞祥和謝志超這兩個小子從樓下搬運到二樓，好在有電梯和一輛小搬運車，但也滿頭大汗矣。

禮品一一被岳父大人徐勝鶴領收，他也是第一次嫁女，不知道是否全數送到，由蓮姨在旁代為監視。雖是送來那麼多東西，要回一半給男家，那兩個人又得搬回去。

聘金方面，僥幸不必回一半，只回個尾數，像多少萬八千八百八十八，只回八千八百八十八可也，岳父大人笑着說：「養了一個女兒那麼多年，收之無愧。」

禮成。

之後男女各方將禮餅拜神祭祖先。

見練瑞祥和謝志超兩個兄弟忙個半天，我叫他們坐下休息，岳父大人也各自奉送紅包一封，以表謝意。他們兩人道謝收下。

「你結婚了沒有？」我問練瑞祥。

「還沒呢。」他回答。

「你呢？」我問謝志超。

「也還沒有。」他說。

「看了這個局面，還敢不敢？」我問。

兩人咋舌搖頭。

倪匡的演員時代

倪匡的生命中，有許多時代。像畢加索的藍顏色時代、粉紅顏色時代，倪匡有木匠時代、Hi-Fi 時代、金魚時代、貝殼時代、情婦時代和移民時代。

每一個時代，他都玩得盡心盡力，成為專家為止。但是，一個時代結束，就從不回頭；所收集的，也一件不留。這是他的個性。他的貝殼時代，曾著多篇論文，寄到國際貝殼學會，受外國專家的讚許，他本人收集的稀少貝殼，要是留下一兩個，到現在也價值連城，但他笑嘻嘻地，一點也不覺得可惜。

倪匡的種種時代我沒有親身涉及，只能道聽途説，但是他的演員時代是由我啟發的，在這一方面我可有些權威，可以發表點獨家資料。

有多方面才能的倪匡，電影劇本寫得多，為甚麼不當演員呢？反正他有一副激情有趣的面孔，許多女人都想摵他一下，叫他當演員，是理所當然的事。

數年前，我監製了一部商業電影叫《原振俠與衛斯理》，由周潤發演衛斯理，錢小豪扮原振俠，張曼玉演原振俠的女朋友。內容沒甚麼好談。商業電影嘛，只要包裝包得好就是了，不過由周潤發來演衛斯理，倒是最衛斯理的衛斯理了。

言歸正傳，我想起常和亦舒開玩笑時說，外國人寫小說，開始的時候一定是：這是一個又黑暗，又是狂風暴雨的晚上……連花生漫畫的史諾比也這麼開頭，我讓《原振俠和衛斯理》也以一個又黑暗，又是狂風暴雨的晚上開始……

佈置是一個豪華的客廳，人物都穿着踢死兔在火爐旁邊談天，外面風雨交作。貴賓有周潤發、錢小豪，少不了原作者，由倪匡扮演自己，最適當不過了。當年倪匡從來沒有上過鏡，是個綽頭。但要說服他演戲，總得下一番功夫。

在電話上說明後，他一口拒絕。但我說借的外景地是香港最高貴的會所大廳，而且……而且……他即刻追問：「而且甚麼？」

我說而且還有多名美女，喝的酒是真材實料的路易十三。倪匡即刻答應。我打蛇隨棍上，稱要穿夜禮服的。

「我才不穿甚麼踢死兔！」倪匡說：「長袍馬褂好了。」

那種氣派的場面，怎能跳出一個長袍馬褂的中古人？我大叫不不不不。第二天就強迫他去買戲服。

在這之前，我叫製片打電話給代理商去，路易十三的空頭支票一開，到時沒有實物交代不過去，好在代理商大方，贊助了半打。

我們在置地廣場的各家名牌店中，替他選了白襯衫、黑石衫鈕腰帶、袖釦和發亮的皮鞋。但就是買不到一件合他的身材的晚禮服。

倪匡長得又肥又矮，在喇叭褲流行的時代，他從來沒有感受過，因為他買喇叭褲時，店員量了他的腿長，把喇叭褲腳一截，就變得不喇叭了。

最後只有到 Lane Crawford，試了十幾套，到最後店員好歹地在貨倉底中找出了一件，試穿之後，意外的合身，倪匡拍額稱幸，問店員說怎能找出那麼合身的東西？店員也很老實：「哦，我想起了，是一個明星七改八改之後訂下，結果他沒來拿。他好像姓曾的，對了，叫曾志偉。」

倪匡聽了一頭烏雲，不出聲地走出來，我們幾人笑得跌在地上，後來才追着跟出去。經過史丹利街的眼鏡店，我看到倪匡戴的黑框方形眼鏡，一點也沒有作家的形象，就把他拉進去。

我選了一副披頭四約翰．連儂常戴的圓形眼鏡，叫他一試。

「這麼小副，會不會顯得眼睛更小？」他猶豫。

「不是更小，是根本看不見。」我心裏想說，但說不出口。倪匡這個人鬼靈精，早已猜到，瞪了我一眼，那時我才看到一點點。

一切準備就緒，戲開拍了。

燈光師在打閃電效果的時候，我們已經幹掉了一瓶路易十三。

倪匡被大明星和專請來的高大的時裝模特兒包圍，樂不可支。他穿起那套晚禮服，居然也有外國紳士的樣子。

周潤發等演員都喝了酒，有點微醉，大舌頭地講對白，輪到倪匡，他口齒玲瓏，一點也沒有平時講話的口吃毛病，把對白交代得一清二楚。因為沒有人可以配他口氣，當時是現場收音的，竟然一次過地OK，沒有NG。

周圍的人都拍掌，說他是一個天生的演員。

一位大波妹模特兒大讚：「真像一個作家。」

倪匡又瞪了她一眼：「本來就是作家嘛。演作家還不像作家，不會去死？」

戲拍完後，倪匡上了癮，從此登上演員時代。

他也愛上那副圓形眼鏡，問我說電影道具是否可以留下。我說我是監製，說留下就留下。不但如此，連那套踢死兔也奉送，因為我知道再也不是很多人能穿的。

倪匡的第一部電影拍得很順利，到了第二部就出了亂子……

那部戲叫《群鶯亂舞》，是部描寫石塘咀花街時代的懷舊戲。演員有關之琳、利智、劉嘉玲、王小鳳、鄭少秋、王晶、張堅庭、鄭丹瑞、秦沛等人，現在要召集這群大卡士，已不易。

何嘉麗唱的主題曲《夜溫柔》，至今繞耳。

「我扮演個甚麼？」倪匡問。

我回答：「嫖客。馬上風死掉的嫖客。」

在電話中，我聽到倪匡哈哈哈的大笑。

後來倪太告訴我，有個無事生非的八婆向她說：「蔡瀾真會搵倪匡的笨，叫他演作家也就算了，叫他當嫖客，簡直是污辱了大作家。」

倪太聽了表情不動地：「倪匡扮作家、嫖客，都是本行。」

在片廠中搭了一堂豪華的妓院佈景，美術指導出身的導演區丁平，一絲不苟地將石塘咀風情重現，連酒席中的斧頭牌三星白蘭地，也是當年貨。

我生不逢年，沒有去過石塘咀，現在身置其中，被穿旗袍的美女圍繞，一樂也。電影的製夢，令人不能自拔。

和倪匡喝了一輪酒後先告退，回家睡覺，到了半夜，區丁平氣急敗壞地打電話吵醒我：「大事不妙，倪匡喝醉，不醒人事，戲拍不下去了，怎麼是好？」

我懶洋洋地化解：「繼續拍好了。你難道沒有聽過一個喝醉酒的嫖客？」

區丁平一聽也是，掛上電話後就把醉醺醺的倪匡放進轎子裏，被人抬進洞房，去開演雞仔鳳陳佩珊的苞了！

翌日倪匡清醒，接着拍戲，這時他的演員道德好得不得了，非常投入，因為和他演對手戲的是利智。當年利智選亞姐，沒有十個人看好她，倪匡一口咬定非她莫屬。利智當選後做演員，當然報答倪匡慧眼識英雄之恩，當他老太爺一般地服侍。倪匡差一點真的馬上風。

後來，倪匡對他的演員生涯，更是着迷。

之後，文雋當導演也請他，洪金寶當導演也請他，拍了不少電影。

至於倪匡的片酬。他以日計，每天兩萬大洋，拍個十天八天，照收二十萬。

「值得值得！」文雋大叫：「請了那麼一個大作家，香港、台灣、星馬都有市場！」

文雋自己也寫文章，在現場對這位文壇老前輩，倪匡叔長、倪匡叔短地招呼。

倪匡又瞪了那看不大到的眼睛：「縮、縮、縮！不縮也給你叫縮了！」所有的電影也不單是文戲，有次倪匡演伙頭大將軍，洪金寶的戲，怎能不打？那場戲是和一個大隻佬打架，被他一踢，倪匡滾下摟去。

倪匡堅持不用替身，說：「我胖得像一粒氣球，滾下去一定好看！」洪金寶說甚麼也不肯，不過，他說：「要是拍的話，留在最後一個鏡頭。」

倪匡想想，還是臨陣退縮，這次可真的被文雋叫應了。

一部接一部，倪匡不只在香港拍戲，還跟着大隊到外國去出外景。

林德祿導演的《救命宣言》在香港借不到醫院的實景，拉隊到新加坡去拍。不是主角的倪匡自掏腰包，坐頭等機位，入住五星級酒店，好不威風。

倪匡演一個酩酊大醉的老醫生，演對手戲的是差點當了他媳婦的李嘉欣。

倪匡佔戲頗重，不同以往的客串性質的角色，林德祿對演員的要求也高，但倪匡應對自如，反正醫生是沒當過；醉，卻是拿手的。

有場戲，需內心表情，林德祿拍倪匡的特寫。倪匡正在動手術，為人開刀，口戴面罩。

「匡叔！演戲呀！演戲呀！」林德祿叫道。

「戴着這種口罩，怎麼演嘛？」倪匡抗議。

「用眼睛演呀，用眼睛演呀！」林德祿大叫。

倪匡氣惱，拉掉口罩摔在地下，媽媽聲地：「你明明知道我眼睛那麼小，還叫我用眼睛演戲！你不會去死！」

祿叔垂頭喪氣，舉手投降。

寫了幾百個劇本，倪匡沒有現場的經驗，從不知道拍戲要打光的，他常說，拍戲容易，等待打光最難耐。可以和美女吹牛皮，那又不同。但對着的是李嘉欣，倪匡無奈，只有繼續發脾氣。

又有一部叫《殭屍醫生》，倪匡這次可不演醫生，但也不演殭屍，扮的是抓鬼的道士。

倪匡扮相沒有林正英那麼權威，但滑稽感不遜任何演員，反正是喜劇，他演起來得心應手。

話說那鬼佬吸血殭屍來到香港，還帶來一條性感鬼婆女殭屍，倪匡演的道士把女殭屍收伏，用手抓着女殭屍的雙腿，提上來看看她死去沒有。

本來戲的要求是抓着她的雙踝的，但倪匡身矮，只能抓到她的雙膝，一舉起來，正對着吃慣牛油的女殭屍的生殖器，倪匡即刻放手，落荒而逃，那女殭屍跌到差點斷頸。

我在旁邊看了，大叫：「政府機構，民政司處！」

倪匡即刻會意：「你這衰仔，用廣東話罵我閩正私處！」

說完要以老拳來擊我腦，這次輪到我落荒而逃。

魚齋主人

倪匡兄住銅鑼灣大丸後面時，怡東酒店還是大海，可以從家裏陽台吊根繩子下去買艇仔粥。記得最清楚的是他客廳掛着「魚齋」的橫額。

由談錫永前輩題的，大概他也很喜歡倪匡兄，寫得特別用心。移民到夏威夷後，我常在友人處看到談先生的墨寶，成龍的辦公室也有他的對聯，但從來沒有一幅好過送給倪匡兄的那兩個字。

是的，倪匡兄不但喜歡養魚，也極愛吃魚。

江浙人的他，來了香港數十年，對廣東菜還是不太敢領教，尤其是廣東人的煲老火湯，甚麼豬踭大地，甚麼章魚蓮藕，他呱呱大叫地說顏色又黑又紫，那麼曖昧，怎麼喝得下去？不過對廣東人的蒸魚，這位老兄讚完又讚，佩服得五體投地。

我們這群老友一直希望倪匡兄來香港走走，但他說甚麼都不肯踏出三藩市一步。除了買報紙和買菜之外，從不出門，連金門橋也沒到過。

我們這群朋友把游說他回來的責任交了給我，這次去三藩市時，我想到用吃魚來引誘他。

「記得我們常去的那家北園嗎？現在想起他們的蒸魚，口水還是流個不停。」我開場。

「當然記得。」倪匡兄說：「我們一去鍾錦還從廚房出來打招呼，現在好的師傅都變成大老闆了。」

「北園真不錯，在河內道的那家小欖公蒸的魚也夠水準。」我說。

「可惜這些地方都不開了，香港再也吃不到好魚。」倪匡兄嘆息。

「錯。」我說：「我最近常去流浮山，吃的都不是養魚，還有從前的味道。」

「流浮山那麼遠，一去三個鐘，那時候有個也是作家的朋友帶我們去吃，回來的時候一路黑暗，坐了老半天車，一看燈火光明，大喜望外，還只是到了荃灣。結果那個朋友好心請客，還給我們罵了老半天。」

「現在從跑馬地去，不塞車的話，三十五分鐘抵達。」我說，「高速公路直通西隧，快得很。」

「有些甚麼魚？」

「冧蚌。」我回答：「年輕人聽都沒聽過。」

「啊！」倪匡兄回憶：「已經幾十年沒吃過！冧蚌就是台灣人所叫的黑毛嘛。」

「完全不同，差個天和地。」我說：「還有流浮山三寶之一的方脷，另外有三刀，已經是快絕種的魚。」

「都是我們從前常吃的嘛，當年我們叫青衣魚還覺得勉強，蘇眉簡直是雜魚。」倪匡兄不屑地。

「還有鱲魚呢，吃到一尾釣上來的真正黃腳鱲，味道又香又濃，連冧蚌也比了下去。」我說。

「黃腳鱲一向是好魚，好魚蒸起來有一股蘭花的幽香，尤其是香港老鼠斑。現在都是菲律賓來的，一點味道也沒有，我也最愛吃黃腳鱲和紅斑。」

「紅斑肉硬，我們今晚去也叫了一尾，只吃牠的尾巴和頸項那兩塊肉，才夠軟。」我再出招：「絕對和你在三藩市吃的鱸魚不一樣。」

倪匡兄說：「怎能比較呢？鱸魚連海鮮都稱不上，是河裏抓的，骨頭又多，蒸出來只能一個人吃，兩個朋友一面談天一面吃的話，一定給魚骨鯁死。」

「你回來一趟，我們去流浮山吃蒸魚。魚，還是香港人蒸得好。」

倪匡兄同意：「一尾魚蒸十二分鐘的話，也要大師傅一直看着，如果只顧聊天，一過十幾二十秒，就老得不能下喉。」

「流浮山那家人蒸魚蒸了幾十年，一定不會讓客人失望的。」我用説服力極強的口氣強調。

倪匡兄有點心動了，沉默了一會兒。

「香港大家都認識你，不敢把魚蒸壞。」我再逼進一步。

「也説不定。」倪匡兄搖頭：「我來三藩市之前去了一家海鮮餐廳，看到一尾難得的七日鮮，馬上叫夥計蒸來吃，結果上桌一看，不但蒸得過熟，還換了一條死魚給我，我一眼就看出來。」

「你沒叫他們換嗎？」

「我當然把部長叫來，他捧了那條魚到廚房去嘰咕了一陣子，再跑出來向我拚命道歉。用的理由最滑稽不過！」倪匡笑了。

「用甚麼理由？」我追問。

「他説對不起，對不起，我們把你當成日本人。」倪匡兄説：「日本人也真倒霉，一直像水魚那樣被人劏，怪不得他們再也不來香港了。」

「再過幾年，不管香港人日本人，也都吃不到好魚。你還是快點來吃。」

「所以說有得吃就要搏命吃，你看過我那副食相，吃得撐爆肚子為止，這是我在大陸的勞改營時那些人教我的，吃進肚子裏，甚麼馬克思主義都拿不走。」

聰明的倪匡兄早已知道我的目的，講這故事來拒絕我們的好意。他怕共產黨，打死了也不肯回來。

倪匡搬家記

老友見面，大笑四聲。

倪匡兄終於回到香港來長居。上次黎智英請吃飯，也說道：「你自我放逐了十三年，甚麼老罪都已贖完了。」

「那麼多東西，怎麼處理？」我問。

「找了一家搬運公司，猶太人開的，說一個貨櫃，小的收我七千五，大的八千五美金，我就乾脆要個大的。」

「一個貨櫃就夠了？」

「其他的都丟掉。找東西時，倪太發現一個地址，是上次從香港運東西去的公司，就打個電話去比較價錢。那個人一聽，還記得，說大作家肯再次光顧，一定要算便宜，特別優待。」

「結果減了多少？」

「小的七千三百，大的八千三百。減了兩百，我才知道，大作家倪匡兩個字，每個只值得一百，結果還是找回那家猶太人的，哈哈哈哈。」

「那個仙人掌球怎麼辦？」我記得，雙臂合抱也只能抱得半個那麼大。

「新屋主的三歲大女兒，一看喜歡得不得了，就要去抱它，我即刻把她拉住，長滿了刺，還得了？新屋主說不能留了。有一家我常去買花的店舖要，就送了給他們，來四個大漢，先用木板搭了個盒子把它包住，再連根拔起，也刺傷了兩個人。」

「水箱呢？」

「十幾個三呎乘六呎的，全送給水族館，單單是挖水箱底的泥，也堆積如山。請人來倒垃圾，一車五百塊美金，我看到那輛車那麼小，搬幾十車也搬不完，只有一次過請另外一家公司包了，不然怎麼算？」

「汽水呢？」他的雜貨間裏，甚麼都多，減肥可樂一買就是幾十箱，還有罐頭湯、糖果、餅乾等等，儼如一個小型超市。倪匡兄這個人，一向大手筆。

「全部倒掉。」

「美國不是流行車房販賣的嗎？」我問。

「能賣多少？有人要已經歡天喜地，最受歡迎的倒是壁爐外那堆木頭，一塊也要十多塊美金，鄰居拿了，高興得不得了。」

「傢俬呢？」

「新屋主要了一點，倪穗的朋友把其他的拿走。」真有眼光，那都是舊屋主那個脱衣舞孃的收藏，當今最流行的 Art Deco 年代作品。

「結果連床都搬了，倪太和我兩個人，在最後那幾天睡沙發，睡得腰痠背痛。」

「那輛殘廢人士的摩托車呢？」

「也當了垃圾了。」倪匡兄説：「新屋主給我們一個月限期，起初還以為有足夠時間，後來一天一天逼近，東西還是那麼多，緊張得要命。」

「船到橋頭自然直嘛。」

「這句老話只有男人聽得懂，女人是不能理解的。我把東西一箱箱丟，倪太一箱箱打開來看，怎麼直法？」

「那個貨櫃，裝了些甚麼？」

「書呀！我已經扔掉了幾十箱，送人也送了幾十箱，剩下的字典和其他工具書，也有幾十箱呀。家裏那幾張按摩椅，用慣了捨不得丟，留了三張，也一齊裝進裏面。看到還有很多夾縫，就把面紙都塞在空隙中。」

「面紙？」

「是呀，香港的面紙，沒美國的那麼軟，我一天打幾十個噴嚏，要用很多，就買了幾十箱。現在回到香港，噴嚏也不打了，看來也沒用。總之，大家都說，花那八千多美金的運費，一定不值得。」

「三藩市的華人，捨不得你吧？」

「華人地區，也小得可憐，我搬家的事，成了當地報紙的大標題，還提起你呢！」

「和我又有甚麼關係了？」

「大標題說，被蔡瀾形容為多士爐的房子、以兩百萬美金售出！」

「賣了那麼多？」

「當然沒有，不過那塊地皮是值錢的。」倪匡兄說：「就是沒想到有那麼多東西，倪太到最後那幾天，全身都發腫，臉也脹出半個來。」

「那怎麼辦？」

「要去看皮膚科，但是星期六又不開門，好歹找到一個朋友的親戚是做醫生的，他聽了電話之後說是過度疲勞之後產生的敏感症，要我們遲幾天醫好了才回香港。我看到了她那個樣子，急得躲進車房，悲從中來，捶胸大哭。」

捶胸大哭，這句話，是倪太購物回來後，看到她才說的。冧女本事，倪匡兄第二，沒人敢稱第一。

「搬家這一回事，真是差點一屍二命。」他說。

「去你的，你又不是我肚裏的兒子，哪來一屍二命？」倪太問。

倪匡兄抱住她。「你死了，我雖然活着，也等於沒活，不是一屍二命是甚麼？」

倪匡座談會

我們兩人演講從不準備，總之大家想問些甚麼就說甚麼，但到底是官方組織的聚會，當為客座嘉賓的我，請他來幾句開場白。

倪：「我要慎重聲明的，是千萬別將衛斯理和倪匡畫上一個等號。那天走在街上，一對夫婦帶着他那十一二歲的兒子，父親向他說：『這個人就是衛斯理。』那孩子的表情看到從失望、沮喪到憤怒，衛斯理怎麼會是個又胖又醜的老頭！所以說，衛斯理絕對不等於倪匡。我只是一個寫衛斯理的人。」

在座的兩千多位觀眾，哄堂大笑。接着便是新問題：

問：「有哪一本書是自己最喜歡的？」

倪：「對一個真正的寫作人來講，應該是每一本書都是最喜歡。因為他們在寫的時候，一定要寫得最好，只有讀者有權利決定作者的哪一本書他最喜歡。」

問：「你怎麼塑造衛斯理這個人物？他和你本人是不是很相像？」

倪：「寫小說嘛，總要一個主角。衛斯理甚麼都懂，我連廣東話都說不準。如果一定要找出我們的共同點，那就是性急，我們兩人性子都急。」

問：「最初是怎麼開始的？」

倪：「我在《明報》上每天連載，已有兩個古裝武俠小說，不能再寫第三個，我想寫一個現代的武俠小說，所以衛斯理系列的第一部《鑽石花》和第二部《地底奇人》一點也沒有科幻的影子。到後來出現了白素，我認為可以一直寫下去，外星人物出現，也越加越多了。」

問：「現實生活是不是會有外星人？他們會不會來消滅地球？」

倪：「那麼大的一個宇宙，那麼多的星星，不可能只有地球生存着帶智慧的人類。外星人要是能來到地球，那麼智力一定比我們高；高智慧的，不會欺負低智慧的。」

問：「這是題外話。好人為甚麼死得早？為甚麼那麼不公平？」

倪：「人生存在地球上的壽命，和永恒來比較，時間微不足道，只是一剎那而已，沒有甚麼公平不公平，短短幾十年，要活得快樂就是。」

問：「這就是你的人生哲學？」

倪：「對呀，我很容易滿足，可以吃吃喝喝便滿足。」

問：「你有兩個系列：亞洲之鷹和原振俠，交給別人去寫，你認為寫得怎麼樣？」

倪：「我沒看過，不知道好壞，我的生命有限，只選好的書來看。」

問：「你看的是甚麼書？從前是甚麼？現在是甚麼？」

倪：「我是一個很通俗的人，只看通俗小說。還珠樓主的最喜歡看。後來也看俄國的翻譯小說，看得悶得口吐白沫。最近，我看台灣作家張大春。」

問：「還是談回你自己的，請你一定要說出一本你最喜歡的。」

倪：「《一個地方。》」

問：「甚麼？」

倪：「書名叫《一個地方》。我的書名越來越怪，有的書，寫得不知如何收尾，就叫《只限老友》，因為只有老友才不會罵我。」

問：「哪一個明星最適合演衛斯理？」

倪：「不能看明星，要看導演。我遇到了王安憶，向她說小說不壞，導演拍壞了。當導演是最難的，當年寫劇本，有一個導演教了我三天如何當導演。我說一生人又沒有做過壞事，為甚麼要遭那種老罪？」

問：「怎麼看你的書改編成電影或電視劇？改動了你會不會生氣？」

倪：「怎麼改都行，我才不管，我也不會去看。電影和電視劇有一個很怪的現象，買你的版權，一定要改得面目全非；偷你的故事，一定拍得十足十。」

問：「怎麼寫小說？」

倪：「開始寫呀，即刻寫，不斷地寫。」

問：「怎麼能寫得像你那麼快？」

倪：「能快就快，不能快就慢。」

問：「小說對人類有沒有甚麼影響？甚麼才算是成功？」

倪：「好看就是，別想得那麼嚴肅，讓讀者看得高興，是作家的責任，做不到，就不成功。」

問：「你的人生哲學是甚麼？」

倪：「說出來會教壞小孩子。我只是得過且過罷了。」

問：「你會不會寫回憶錄？」

倪：「沒甚麼可寫，三百字寫完。」

問：「對香港的政治有甚麼期待？」

倪：「我離開時五十多歲，回來七十多歲，一切看開，政治與我無關。沒有期待。」

問：「那對大陸盜你的書的版權，生不生氣？」

倪：「説明是共產黨，共你的產，沒有甚麼好生氣。」

問：「祝你長命百歲。」

倪：「那也要活得健康呀。」

古龍、三毛和倪匡

三十多年前，我在台灣監製過一部叫《蕭十一郎》的電影，徐增宏導演，韋弘、邢慧主演。改編自古龍的原著，買版權時遇見他，比認識倪匡兄還早。

數年後我返港定居，任職邵氏公司製片經理，許多劇本都由倪匡兄編寫，當然見面也多了。

有一次，我們三人都在台北，到古龍家去聊天，另外在座的是小說家三毛。

當晚，三毛穿着露肩的衣服，雪白的肌膚，看得倪匡和古龍都忍不住，偷偷地跑到她的身後，一二三，兩人一齊在左右肩各咬一口。

可愛的三毛並不生氣，哈哈大笑。

那是古龍最光輝的日子，自己監製電影，電視劇集又不停地著作。住在一豪宅中，馬仔數名傍身，古龍儼如一黑社會頭目。

個子長得又胖又矮，頭特別大，有倪匡兄的一個半那麼巨型，留了小鬍子，頭髮已有點禿了。

「我喜歡洋妞，最近那部戲裏請了一個，漂亮得不得了。」古龍說。

「你的小說裏從來沒有外國女人的角色。」三毛問，「電影裏怎麼出現？」

「反正都是我想出來的，多幾個也不要緊。」古龍笑道，「有誰敢不給我加？」

「洋妞都長得高頭大馬。」我罵古龍，「你用甚麼對付？用舌？怪不得你還要留鬍子。」

大家又笑了，古龍一點不介意，一整杯伏特加，就那麼倒進喉嚨。是的，古龍從來不是「喝」酒，他是「倒」酒，不經口腔直入腸胃。

這次國泰開始直飛往美國三藩市，要我們來拍特集，有李綺虹、鄭裕玲和鍾麗緹陪伴。倪匡兄在場，哈哈哈哈四聲大笑後說：「有美女、好友作樂，人生何求？」

話題重新轉到三毛和古龍。

「我和三毛到台中去演講，來了七八千個讀者，三毛真受歡迎，當天還有幾個比較文學的教授，大家介紹自己時都說是某某大學畢業。輪到我，我只有結結巴巴地說我只是小學畢業。三毛對我真好，她向觀眾說：『我連小學都還沒畢業。』」

倪匡兄沉入回憶。

「聽說古龍是喝酒喝死的，到底是不是真的有這麼一回兒事？」鄭裕玲問。

「也可以那麼說，我和古龍經常一晚喝幾瓶白蘭地，喝到第二天去打點滴（台灣用語，吊鹽水的意思）。」

倪匡兄說，「不過真正原因是這樣的，有一次古龍去杏花閣喝酒，一批黑社會來叫他去和他們的大哥敬酒。古龍不肯。等他走出來時那幾個小嘍囉拿了又長又細的小刀捅了他幾刀，不知流出多少血來，馬上送進醫院，醫院的血庫沒那麼多，逼得向醫院外面路邊的吸毒者買血。血不乾淨，結果輸到有肝炎的血液。」

我們幾人聽了都「啊」的一聲叫出來。

倪匡兄繼續說：「肝病也不會死人，但是醫生說不能喝烈酒了，再喝的話會昏迷，只要昏迷了三次，就沒有命。醫生說的話很準，古龍照喝不誤，結果我聽到他第三次昏迷時，知道這回已經不妙了。」

「古龍對於死有迷戀的，他喜歡用這個方式走。」我說。

倪匡兄贊同：「三毛對死也有迷戀。」

「聽說她以前也自殺過幾次。」鄭裕玲說。

「唔。」倪匡點頭，「古龍死的時候，才四十八歲，真是可惜。」

倪匡兄仔細描述古龍死後的怪事：「他那麼愛喝酒，我們幾個朋友就買了四十八瓶白蘭地來陪葬，塞進棺材裏。他家人替他穿了件壽衣，古龍生前最不喜歡中國服裝的，還替他臉上蓋了塊布，我們說古龍那麼愛喝酒，不如就陪他喝吧，結果把那幾十瓶酒都開了，每瓶喝它幾口，忽然——」

「忽然怎麼啦？」我們緊張得不得了。

倪匡說：「忽然古龍從嘴裏噴出了幾口很大口的鮮血來！」

「啊！」我們驚叫出來。

「人死了那麼久，擺在靈堂也有好幾天，怎麼會噴出鮮血來？這明明是還沒有死嘛，我們趕快用紙替他擦口，不知道浸濕了多少張紙，三毛和我都說他還活着，殯儀館的人一定要把棺材蓋蓋上，他們怕是屍變。我一直抱着棺材，弄得一身塗在棺材上的桐油。」

「結果呢？」我們追問。

「結果殯儀館叫醫生來，醫生也證明是死了，殯儀館的人好歹地把棺木蓋上，我也拿他們沒有法子。」倪匡兄搖頭說。

聽了嚇得鄭裕玲、李綺虹和鍾麗緹三位美女失聲。

「都怪你們在古龍面前喝，他那麼好酒，自己沒得喝，氣得吐血！」我只有開玩笑地把局面弄得輕鬆點。

倪匡兄點點頭，好像相信地說：「說得也是，說得也是。」

美璐近況

蘇美璐來電郵，說會來香港，這一下子可興奮了，向她建議：「不如順便開個畫展？」

「興趣不大。」她回答：「這次主要是來陪父母。」

畫家不喜歡開畫展的，大概也只有蘇美璐一人。

蘇美璐父親蘇慶彬先生為了完成他老師錢穆先生的遺願，花了五十六年心血把《清史稿全史人名索引》一書整理出版。對於一般人來說只是兩本很厚的人名記錄，但對歷史研究者，是多麼珍貴的資料！

是的，尊師重道在那一輩子人是生活方式，當今雖然說被遺忘，但蘇老先生這次來港，一方面是見證此畢生心血的出版，另一方面是看看他的學生，蘇先生在新亞教學數十年，學生們邀請老師，已把那兩個星期佔滿了。最後蘇美璐在早上送父母回美國，她乘晚上的飛機回英國，臨出發前，我們在機場的美心餐廳靜靜地聊了一會兒。

「還要坐多少小時飛機才能回到家?」

「這裏到倫敦十幾個小時，再由倫敦飛愛丁堡，從愛丁堡坐大船到 Shetland 大島，再換小船，到另一個小島，才算回家。」

蘇美璐的家，是小島上一間兩百多年的老屋，她說基磐用大石堆成，古木的建材，也能夠抵擋住風雨，有一位寵愛她的丈夫和一個可愛的女兒，人生滿足矣。

她的丈夫是蘇美璐在英國留學時的繪畫老師，蘇美璐也算尊師重道的。

「小島上有大街和商店嗎?超市呢?」

「甚麼都沒有，如果能說是像超市的，是一間雜貨店兼郵政局，和西部片中看到的差不多，從我家去可以騎單車，但我多數是走路，二十幾分鐘。」

「那等於甚麼都沒有了?」

「也不是，還有很小型的工業，那就是我們的沙甸魚罐頭廠，我一直鼓勵他們把海裏的藻類拿來賣，對健康很好，我們一直吃，所以全家甚麼毛病都沒有。」

「那麼神奇?叫甚麼?」

「叫海藻黑膠，英文是 Fucoidan。」

「我一定要買些來試試。你先生Ron呢？每天在島上除了作畫之外，還做些甚麼？」

「他拿了你給他的iPad，在網上學打鼓，學得興起，每天要花上幾個小時呢。」

「哈哈，女兒阿明呢？」

「阿明也在網上學音樂，當今有Skype教學，學生們可以在網上選了他們想學的科目，很多老師的個人背景都放在網上，選中了之後交學費，老師就可以通過攝影機拍下來上網，學生可以單對單地向老師學習，科學發達，真是好事。」

「從你寄來的照片，阿明學的是小提琴吧？」

「是同樣的小提琴，但不是violin，而是fiddle。」

這令我一頭霧水，問到：「到底有甚麼分別嘛？」

蘇美璐解釋：「Shetland的人認為violin是有錢人的玩意，fiddle才大眾化、平民化，多數在婚禮或開派對時奏來跳舞的。越奏越快，快到令跳舞的人要生要死地跌在地上為止，很適合阿明的個性。」

「她對畫畫沒有興趣嗎？」

「也不能說是全無興趣，只不過不肯認真去學。阿明這個女兒，胸無大志，只想一天過得比一天快樂。」

「這才是大志之中的大志！對了，她今年多大了？」

「阿明是千禧年女兒，十五歲了，我們的小島上只有小學，明年她便要到Shetland大島去上中學，也要在那裏寄宿，之後才到愛丁堡讀大學。」

「捨得嗎？」

「沒甚麼捨不捨得的，她現在每個週末也去大島上半工讀。」

這麼一說我想起來了，有一次和蘇美璐吃飯，她帶了一位中國太太一起來，也是香港去的，和丈夫在大島上開了一家中國餐廳。

「做些甚麼？」

「捧碗碟呀！下單呀！甚麼都做，我來香港之前她在學收錢，好彩沒有算錯賬。」

「阿明多聰明，這點小事難不了她，你自己呢？玩甚麼樂器？」

「除了鋼琴外，我還一直彈古箏，但是我最喜歡還是二胡，很想學，試了幾次，阿明最怕聽了，所以沒學成，她上中學我就能開始。」

「你一點也不覺悶的，是不是？」

「沒甚麼好悶的，島上的生活很充實，我還養了一群雞，每天撿雞蛋做早餐。來生要是生成雞的話，千萬別做雄雞！」

「做公雞有甚麼不好，母雞都要聽牠的話。」

「你沒觀察過不知道，公雞老了就要把地盤交給兒女，不能留下。我想，要是有公雞俱樂部就好了，島上居民養的老公雞都能聚在一起，偶而閒聊當年的勇事，多好！」

蘇美璐總有一套與眾不同的見解。時間到了，我送她到閘口，本來還是有點靦覥，握握手道別，最後大家還是忍不住，緊緊地擁抱了一下。

下次，不知要再過多久才能見面了。

蘇美璐問答

蘇美璐在歐美插圖界聲名越來越響，各報紙雜誌爭着做訪問，有的甚至老遠地跑到她居住的小島，真是難得，在眾多問答之中選了數則，彙集起來，節譯如下：

問：「你喜歡用甚麼畫具作畫？」

答：「我多數用水彩，有時也用彩色鉛筆。劃粗線時，我用一枝又肥又胖的德國筆，名字叫『顏色巨人』。」

問：「彩色或黑白，有沒有特別喜歡？」

答：「兒童畫都是夢，用色彩色多；畫人像是現實，就用黑白。」

問：「你有甚麼忠告給年輕的插畫者？」答：「畫一本兒童書，就像拍一部電影，你必須仔細挑選角色，有時自己也要扮演說故事。如果你是一個好導演，你必須把故事講得通順，而且要讓觀眾猜不到結果。」

問：「當你作畫時，有沒有預定是畫給哪一個年齡層的讀者去看？」

答：「沒有分別。我看到的所有兒童都是大人，而所有大人都是兒童。」

問：「你在哪裏定居？」

答：「我住在一個叫 Cullivoe 的地方，那是蘇格蘭北方的 Shetland 的一個小島。」

問：「你可以告訴我怎麼走上插圖這一條道路上的？」

答：「當我離開 Brighton 學院時，我有緣分遇到了一個經紀人，他問我喜歡甚麼故事來繪畫，我那刻想到安徒生童話的《皇帝和夜鶯》，因為我覺得這故事很有中國味道，結果他說服了英國的出版商 Frances Lincoln 為我出版了這部兒童書，之後我為雜誌和廣告作畫多年，直到我遇到了 Jack Prelutsky，他叫我為他的詩集作插圖，接着我便集中精神在兒童書這方面了。」

問：「如果有讀者想知道更多關於你的事，去那一個網站找最好？」

答：「www.meiloso.com/wordpress。」

問：「你有沒有去學校做關於插圖的講座？發生過甚麼趣事？」

答：「在 Shetland 這個島上，有父親把職業傳給兒子的傳統，我上次去島上的一間小學演講時，有個學生問我當我死後，可以不可以把插畫這門職業傳給他。」

問：「有甚麼未來的計劃嗎？」

答：「我自己有一家叫So & Co Books的出版社，這是全英國最北部的出版社，我們已經出版了兩本書，由Janice Armstrong寫文字，我自己插圖，我們的第三本書想寫一個島上的巴士司機，駕着車旅行到古時候去。」

問：「當你為一本書做插圖，是怎麼開始的？」

答：「我多數是反覆地把故事想了又想，在腦中存了一段很長的時間。我喜歡用各種不同的畫風去插圖，一面做其他事，一面想怎麼去畫，像散步的時候，洗衣的時候或烘麵包的時候，等到我坐下開始插畫時，我已經知道自己會怎麼去做。」

問：「你可以形容一下你的工作地點嗎？」

答：「我在海邊有一間小屋，我把它叫為『天堂』，牆是漆成紅顏色，屋外養有一群雞。我的工作間擺放很多中國的東西，二胡等樂器，書籍和一座電腦，我有一張很高的木頭桌子，是位當地的木匠為我做的，讓我可以站着作畫。」

問：「在早期有甚麼書籍或圖畫影響了你？」

答：「我小時愛讀翻譯成中文的《一千零一夜》、《塊肉餘生記》、《頑童歷險記》、《金銀島》和《簡愛》等經典，最糟糕的是我到現在還沒有看過原文。」

問：「你在作畫時聽甚麼音樂？」

答：「我有一九五七年灌錄的原版《西城故事》，我也聽第三電台 Radio3 的古典音樂，巴哈的 Partita For Keyboard 很能讓我的思路飄逸。」

問：「你最希望訪問者問你甚麼問題？或者想要他們做些甚麼？」

答：「我最希望訪問我的人叫我為他們畫人像，還想他們付錢買下來。」

問：「你最喜歡的單字是甚麼？」

答：「Cantabile。流暢的，像唱歌一樣的。」

問：「最不喜歡的單字？」

答：「趕緊。」

問：「甚麼東西會刺激你？」

答：「一陣香氣。」

問：「甚麼東西會令你反感？」

答：「一陣臭味。」

問：「你最喜歡聽到的是？」

答：「我爸媽在床上聊天。」
問：「你最討厭甚麼聲音？」
答：「貓兒打架。」
問：「除了繪畫，你想做甚麼職業？」
答：「麵包師。」
問：「你最不想做的呢？」
答：「股票行經紀。」
問：「如果有天堂的話，你要上帝為你做甚麼？」
答：「唱一首歌給我聽吧！」

十二歲半的女人

多年前在東京影展，認識了一個女孩子，長得像貓，眼睛大大，頭也大，叫羽仁未央（Hani Mio）。

「你多少歲了？」我直接問。

她伸出四根指頭，掌心粉紅，更像貓的：「四歲。」

「四歲？」

「我生在二月二十九日，四年才有一次生日。」原來她是那麼算的。

她不戴胸罩，在當年，算是大膽的。

「我不喜歡一切束縛我的東西。」她說。

的確，她沒有被綁過。從小就愛自由。她父親，日本著名的前衛導演羽仁進，正在非洲拍紀錄片，把她帶在身旁，讓她和野獸一起長大。和動物一樣，她心中不知甚麼叫仇恨，動物沒有仇恨，每天笑嘻嘻地過日子。

回到日本後，死都不肯去學校，因為學校有管制，她爸爸也由她，但在日本這個社會，不能有獨立的思想。不讓子女上學，是一宗大罪，她父親也只有帶她離開，住在意大利撒丁尼亞島上。

不上學也不代表她不肯學，父親讓她看各類型的書籍，未央很小就會寫作，出版過好幾本書。不上學風波過後，終於又回到日本，她主持了許多電視節目，言論頗受歡迎。

羽仁進對她的放縱，也許是小時吃過的苦，自己的父親羽仁五郎，是日本研究共產主義的先驅，羽仁進小時已常受身邊人物的欺凌，所以有他獨特的方式去保護女兒。

才華橫溢的羽仁進娶了當年日本紅星左幸子為妻，左幸子拍過很多經典的電影，自己也做過導演。大膽的裸露性愛場面，她亦不在乎，只要劇本好，主演過《日本昆蟲記》。

離異後，羽仁進娶了左幸子的妹妹，未央不懂得大人的爭吵，當後母為親娘，很愛她。

未央有一個很大的興趣，那就是喜歡香港電影，為了香港電影，她隻身跑到香港來，學習粵語，自小又精通英文，人與人之間的溝通是沒有問題的。

她對音樂也有獨特的鑑賞能力，在香港生活的年代中，她致力推崇一支當年寂寂無聞的樂隊，叫Beyond，利用自己和日本娛樂圈的關係，把樂隊介紹過去。當然，她不知道後來會發生的悲劇。

也許是香港這個社會，能夠對各種思想言論保持開放的態度，令未央長住下去。後來，她在網上組織了一個社團，是讓不肯上學的年輕人聚集，討論他們對自由的心態，更成一個網上大學。

如果說未央沒有缺點，也不是，就是愛喝酒，在她那種極端的個性，一愛上就不能停止，她每天喝，每天醉，曾經醉後躺在街邊睡個大覺，像一隻流浪貓。

有次在路上遇見，看她瘦得厲害，問道：「還是不肯吃東西嗎？」

她點點頭，對的，另一個缺點是不肯吃東西，如果有人強迫她吃一點，她會歇斯底里地狂吼起來，她父親羽仁進曾經這麼形容她：「未央是一隻塔斯曼尼亞惡魔，乖時非常可愛，一發狂，張牙舞爪。」

網上大學的基金就快用光，為了請到更廉價的電腦程式員，她跑到馬來西亞檳城去住了好幾年，愛上檳城的純樸，不肯離開，後來又得到新加坡的資金，到那裏去開電腦資訊公司。

電腦公司有位日本工程師，非常孤獨。一天忽然向她說：「我一生人，只想生一個兒子。」

未央說，我跟你生吧。

兒子生下後，未央也像一般的動物媽媽，讓子女獨立，不加管束，未央的兒子從小和菲律賓家務助理長大，只會說英語和菲律賓話，後來助理告老還鄉，兒子要求跟她去菲律賓住，未央也不考慮一下就答應了。

「他是個怪胎。」未央說：「我最愛怪胎了。我自己就是一個。」

未央最愛看的電影，就是一部在一九三一年拍的黑白片，片名叫《怪胎》(Freaks)，由Tod Browning導演，片中集了所有的侏儒、象形人、長毛怪人等，都天真無邪，在一個馬戲團中各地巡迴表演，而最壞的「怪胎」，是戲中的兩個正常人。

未央的丈夫客死於新加坡，她的理想也受到種種所謂正常人的打擊，經濟越來越差，錢寄不到菲律賓後，兒子也被拋棄了，返歸母親身邊，兩人相依為命。

回去日本，她有時也被討厭又忌妒她的所謂正常人毒打，但她只是把這些事當成笑話來講。一次因酒醉昏倒，頭撞破，流大量的血，在醫院住了好幾個月，大家以為未央生存不了，但過了一陣子，她又復元，生命力極強，像貓一樣，有九條命。

酗酒的關係，出入醫院為家常便飯。最後，還是拖了半條命，回到香港住下，以寫文章在日本發表為生。

終於，在高倉健宣佈逝世的同一天，未央傳來壞消息，因肝臟衰竭去世，享年十二歲半。

木人

到北海道阿寒湖的「鶴雅」旅館，一走進門，出現在眼前的就是一座木頭的雕刻。一位少女坐在馬上，馬頭朝天，少女也往天上看，風吹來，馬鬃和少女的長髮都吹得往上翹。造型非常優美，是令人越看越陶醉的作品。

一問之下，才知道是一位又聾又啞的藝術家雕的，他的名叫瀧口政滿。

這次又去阿寒湖「鶴雅」新築的別館，裏面有個展覽廳，看到瀧口氏更多的傑作，有野鶴和貓頭鷹等。

翌日，正好是聖誕節，抽出時間往外跑，旅館的附近有個倭奴村，瀧口政滿在那裏開了一家小店，決定向他買個回香港觀賞。瀧口先生剛剛在開門，我們見過兩次面，大家親切地打着手勢請安。

我本來想買人像，瀧口先生有個很傑出的作品，叫「共白髮」，一男一女，兩座分開，但從木紋上看到是出自一塊木頭。

樓梯間，有一隻貓頭鷹，貓頭鷹是瀧口先生最喜歡的主題之一，雕過形態不同的各種大小貓頭鷹。這一隻，剛走進來的時候看到頭擺左，現在怎麼又擺右呢？看來是兩塊木頭刻的，頭和身子連接得天衣無縫。有根軸，瀧口先生把頭擰來擰去，最後一百八十度擰到鷹的身後，得意之極。看他笑得像一個小孩子，知道他對這座作品有濃厚的感情，就改變主意，把貓頭鷹買了下來。

一個客人也沒有，我們用紙筆談了很久，以下是瀧口先生的故事：

雕刻大作品時，一定要抓清楚木頭的個性，等木頭乾後才能決定要刻些甚麼，要不然在人物的手腳，或者貓頭鷹的羽毛上出現了裂痕，就沒那麼完美了。每一種木頭個性都不同，所以要和他們做朋友。

我在一九四一年出生於中國瀋陽，父親在鐵路局做工，我最初的記憶來自巨大的火車頭出現。

三歲的時候，我因為肺炎而發高燒，失去了聽覺。到了二十五歲過後，我才第一次用助聽器，發現烏鴉的叫聲大得不得了。

五歲時回到東京，在越青大學附屬的幼稚園讀起，一讀就讀了十四年書。學校禁止我們用手語，因為要迫我們學看別人的嘴唇，但是下了課，同學們還是用手語交談的，我喜歡學的繪畫，後來的職業訓練，老師們又教木工科，我學會了用木頭製造需要的各種基本技巧。

父親反對我選美術和工藝的道路，我也做過印刷工人。二十二歲的時候，我到了一直想去旅行的北海道，在阿寒湖畔的部落裏，我第一次遇到倭奴人，他們臉上皺紋很深，留下印象。

現在北海道的手工藝品大多數是機械生產，當年的都是手雕。每一家店賣的東西，刻出來的完全不一樣。我一間一間走着，覺得非常有趣。

在那裏，我遇到一位二十歲的倭奴族女子，在土產店當售貨員。她說：歡迎光臨。我一點反應也沒有，後來兩人的眼光接觸，我才解釋說我是聽不到東西的。

離開北海道後，兩人開始寫信，她知道我對木刻有興趣，常把村裏拾到的奇形怪狀木頭用紙箱裝起來寄給我，信上最後用 Sarorun 簽名，倭奴語「鶴」的意思。我的回信上用 Ichinge 簽名，「龜」的意思。後來在村裏開的店，店名叫 Ichinge。

決定在北海道住下，是二十四歲。

最初以刻木熊為生，兩年後和那位倭奴女子結婚。以妻子為模特兒，刻了很多倭奴少女的雕像，自己的作品賣得出，不管多少錢，也覺得好開心。

刻得多了，對種種木頭的特徵認識就深了，木紋木眼怎麼安排才美，也學會了一些。從小作品刻到大的，北海道的觀光季節只有夏天的半年，冬天用來刻自己喜歡的東西。

每年春天，雪溶的時候，忽然會颳起一陣暖風，風中帶有泥土的氣息。地上已長着嫩芽。這陣風把少女的頭髮吹起，臉上的表情是喜悅的，我用木頭捕捉下來。

有一晚，駕車的時候撞到一隻貓頭鷹，頑強的生命力，令牠死不去，我也了解為甚麼倭奴人當牠是神來拜。從此，我也喜歡刻貓頭鷹。

到了秋天，大量的木頭從湖中漂上岸，數十年也不腐化，有些還埋在土裏，被水沖出來的。不管多重，我都抬回來，依形雕刻。釣魚的人常把這種木頭燒了取暖，我看到形態有趣的就叫他們送給我，所以我有些作品一部份是燒焦的。

很多電視和雜誌訪問我，叫我做聾啞藝術家。我只想告訴他們，聾人的作品，就算不比常人好，也不比常人差。我的耳聾影響到我口啞，但這不是我願意的，看我的雕塑，看不出我的聾啞。

現在我最感到幸福的是，在距離我的店三十公里之外，有一個工作室，家就在旁邊。地一挖，噴出溫泉，晚上浸着，抬頭一看，滿天星斗像要降下來似地，月光很亮，不需電燈也看到東西。

浴後走進屋子，喝一杯，睡早覺。妻子說甚麼我假裝聽不到。從她的口形，知道她在說：「我還以為是一根木頭走進來呢！」

底褲大王的案子

我的朋友，各行各業。其中有個是大陸的法官，我們一齊吃飯時問他：「最近審了甚麼案子？」

「來來去去都是一些走私的。」他說。

「想不起甚麼有趣的嗎？」我問。

「對了，」他說：「有一單偷窺案。」

「偷看甚麼女人？」

「不。是男人偷看男人，在公共廁所裏抓到的。」

「同性戀在國內開始普遍起來了？」

「起初我也那麼想。」法官說：「看他沒有律師，問他要不要派一個給他？他說沒有甚麼律師比他知道的更清楚，自己答辯。」

「知道些甚麼？」

法官說：「底褲呀！他自稱是底褲大王。」

「甚麼廠？出名的話香港也會聽過。」

「工廠是有的，不過他說沒有自己的牌子。只是替全世界的名牌加工。如果自己也做銷售的話，就沒時間做研究工作了。」

「甚麼研究工作？」

「研究天下最完美的底褲呀，所以他不放過任何機會，看別人穿的是甚麼。」法官說。

「底褲不就是底褲，穿來穿去都是那幾種。」

「我也是那麼說呀，不過當事人蔑視看着我，大聲罵我甚麼都不懂。這下子我可生起氣來，要他說出一條底褲，到底有甚麼奧妙？不然即刻重判！」

「他怎麼說？絲質的最好？」我問。

「他說任何材料，都比不上棉。」

「棉？我們穿的都是棉織的呀。」我說。

「不是普通棉。要用海島棉 Sea Island Cotton。更好的，是埃及棉 Egyptian Cotton，而且一定要來自 Giza 地帶的 88號。」法官說。

「這可是專門用詞了，甚麼叫海島棉？」

「他解釋是美國的產品，至少要兩英吋以上的長棉才算及格，每條長度要經過美國紡織協會檢驗，才發證書的。」

「那麼埃及棉呢？」

「比海島棉更長更細，織出來的布比絲還要光滑。」

「棉質的哪有可能比得上絲？」我說。

「他說那要看多少支了。」

「甚麼叫支？」

「每一平方吋之中，用多少條棉線織出來，叫做支。一般的布，有二十支。」

「那麼埃及棉呢？」

「在一平方吋之中，一定有兩百支。每一支還是雙線紡的。」法官轉述。

「嘩。」我叫了出來。

「所以說嘛，」法官搖頭：「底褲大王大罵我們這些凡人根本不會享受。他還反問我：『一種顏色的布，做五種不同款式的底褲賣得多，還是五種顏色，做一種款式的底褲賣得多？』」

「你怎麼說？」我問。

「我當然選五種不同顏色。他說這大錯特錯。人穿慣了白色，就不會去碰其他顏色了，還是一種顏色五種款式的好賣！」法官說。

「他有沒有說男人大多數喜歡甚麼顏色的？」

「這就是他為甚麼要在廁所觀察了，他說依照他的統計，黑色最好賣，但是近年來穿紅色的人逐漸增加，都是因為迷信，說穿紅色的才會發財，而且要越闊越好。廣東人說大紅大褲，聽起來是大紅大富。」

我笑了出來：「女人呢？他對女人的底褲有沒有甚麼研究？」

「我們做法官的，一定要保持一副嚴肅的面孔，這種問題怎麼說得出口？但是在庭上那個女書記倒是忍不住了，問他說女人的胸罩和底褲到底應不應該是一套的？」

「他怎麼說？」

「他說這可要看是甚麼市場了。」

「和市場有關？」我問。

「當然啦，他說像美國黛安芬那種大廠，只顧賣胸圍，哪有時間去照顧到底褲呢？他們大量生產乳罩已經來不及了。」

「有些女人的要求不同呀。」我說。

「那個女書記也那麼說。」法官說。

「底褲大王怎麼回答？」我問。

法官說：「他說當然啦，那又是另一個層次了，如果花錢去到維多利亞的秘密那種店舖，就會買胸圍和底褲都選一套的，在男朋友面前脱衣服，才好看。」

「説得對呀！」我同意。

「不過。底褲大王望那個女書記說，妳是沒有那種機會了。害得她差點跑到被告席打他！」

我又笑了：「結果你是怎麼判的？」

法官也笑了：「他說得出那麼多專門知識，又提供了那麼多娛樂，我當然判他無罪釋放啦！」

我真想見見這個底褲大王長得是怎麼一個樣子，這種有趣人物，不多。

一群紋身的女人

我們的旅行團在返港的那一天，都會到大阪的時裝街，日本人叫為「美國村」的一家螃蟹店「元網」去吃午飯。

上午是自由活動，大隊由助手帶領，我直接到美國村去。早到了，在附近逛街的時候，聽到一個聲音。

「你是不是《料理的鐵人》的那位香港評判？」轉過頭去，一位年約三十歲的女人問。

遇到這種情形，我總是笑笑，不說是或不是。

「有沒有興趣到我們的店去看看？」

我問：「你賣些甚麼？」

「不賣東西。」她說：「我們開的是紋身店。」

生性好奇，只要能吸引到我的，就要跟去。

一座小型大廈的四樓，招牌寫着「Al Haut」英文字，進了門，聞到一陣香薰，播着的是古典音樂，光線幽暗，一盞燈照着的是一個少女的裸背，紋身師用機器針筒軋軋聲地往她的腰間刺去。

沒流出太多的血，只聽到那女子的呻吟。

「坐！坐！」她招呼我到客廳的沙發：「我的名字叫Ryoki，寫成漢字是掠妃。」

「我想這句話你被問過一千遍，為甚麼有人要紋這種一世人也除不掉的東西？」

「每個女人有不同的答案，」掠妃說：「共同點是人一紋身，親戚和社會都不容納你，連公共澡堂和溫泉也不讓你進去浸。身體被雕刻後，人生即刻起變化。我們要的，就是這種變化。」

「我還以為是一種流行，當玩的呢。」

「跟流行的話，買一張貼紙貼上就行，洗掉了就沒有了，不必紋身。」她說。

「你自己刺了些甚麼？」

掠妃解開恤衫的鈕釦，拉下一道袖子，給我看她肩上的紋身，那是一大朵牡丹花，由中心的粉紅展開，花瓣的紅色越來越艷，襯着綠葉，我不能不承認是頗有藝術性的。

「每個人有不同的答案，你的答案呢？」我問。

「我的理由不是很特別，」她說：「結了婚，但是醫生檢查後說我不能有孩子，我真想有一個。絕望後，我決定紋這朵花，它能像我的孩子一樣，一生陪伴着我。」

「不痛嗎？」我問。

「痛死人！」那個躺着的少女起身，大概聽到我們的談話，代掠妃回答我的問題：「最初要先畫出輪廓，像被剃刀割開肌肉，墨是一點點釘上去的，在很痛的傷口上磨擦，之間很多次都想打退堂鼓，但是你知道啦，我們日本人有那種忍、忍、忍的根性，就忍到底。」

掠妃接着說：「最痛的是靠近骨頭的部位，好像把骨頭一片片削開，用意志力去抵抗的話，也最多是兩個小時，超過了就會昏倒的。」

哇，我叫了出來。

「紋完身後會發燒，」她繼續說：「要花上一星期才能減退。」

「那你又為甚麼要紋呢？」我問那個少女。

「我認為比穿甚麼名牌更有個性，簡直可以說高了一級。雖然我知道這種衣服是脱不下來的，但是我能穿上，就和別人不同。我沒有甚麼條件和別人不同，不管在身材和相貌上，但是一紋身，我變成一個很勇敢的女人，對自己很有信心，值得呀！」

「但是一般人都認為只有黑社會和壞女人才紋身的呀，你不怕人家把你看成壞女人？」我説。

「非洲的原始部落也紋身，他們愛美罷了，哪是甚麼黑社會或壞人？」她反問。

説的也是，我無法反駁。這時門打開，進來了四五個女人，都是這家店的熟客，掠妃解釋：「東京有一家叫《Tattoo Girls》的雜誌要來採訪，我約好大家來這裏給他們做訪問。」

經掠妃介紹，那群女的也不當我是甚麼陌生人，大家聊了起來。

「你想知道多一點我們為甚麼要紋身的話，我們都可以把個別的原因告訴你。」其中一個説。

另一個插嘴：「我最初只是想想，把這個意念講給男朋友聽，他和我大吵，說有一天兒女長大，看到自己母親的紋身，怎麼解釋？我覺得他的話有一點道理，正要放棄，他又說他媽媽也不會喜歡。我聽了火可真大了，原來他那一篇大道理，完全為了他老母，我一氣起來，就紋了。」

「我的姐姐刺了一條蛇，我認為很噁心。她說你不紋身，沒資格批評，我就紋一尊觀音給她看。」那個女的也給我看了，真壯觀。

「最心愛的狗患了白血球病，死了，哭了一個月，為了供養牠，我紋了一朵蓮花，我想我為了牠付出那麼大的痛苦，牠不會怪我沒有好好照顧牠吧？」

「唉，」我說：「你們講來講去，為甚麼沒有一個是因為一段刻骨銘心的愛情而去紋身的？」

那群女的各自看對方的表情後笑了出來：「這年代，還有女人為了男人去紋身的嗎？」

跳肚皮舞的巴士小姐

我們的旅行團，在日本用的巴士都是最好的，司機駕駛全無事故記錄，費用高昂，但很值得。

這種巴士都包了一名導遊小姐，從上車到回酒店，講解不停，又要依照客人要求唱歌，並非易事。

我們用熟的有兩個年輕的，到東京調到東京，去大阪也要她們來客串，大家混得很熟，溝通起來方便。到這次去，不見了其中一名，她剛結婚，但也出來做事的呀。

「是不是有了孩子？」我問另一個。

「不，不，她已離了婚。」

「那麼快？不到六個月呀！」

「發現不對，越早越好。這是我們這一代人的看法。」她回答得乾脆。

「怎麼不回來？」

「她當肚皮舞孃去了。」

「肚皮舞？」我詫異。記憶中的她，沒有魔鬼身材，面貌再過一百年，也稱不上一個美字。

「是呀！我也在學，當今日本最流行的了。」她說。

看看她，與另一個的意見相同，怎麼可能又去跳肚皮舞？

「在甚麼地方表演？」我問。

「青山。你有興趣，今晚送完客人，帶你去？」

在一座商業大廈的地下室，傳出劇烈的中東音樂，走進去，擠滿客人，舞台上有六七個肚皮舞孃擺動着腰，衣着單薄，但並不十分暴露，肚皮和大腿，可盡在眼前。有個長髮的，左右揮動，非常誘人。咦？那不是我們的巴士導遊小姐是誰？

從台上望到我，向我擠擠眼，用手做個等等的姿式，她繼續跳舞，我和女伴在酒吧前找個位子坐下，她也隨着音樂在搖動身體，和平時看到的她不同起來。

音樂從快到慢，又由慢到快，舞孃們一個個支撐不住，走下台來，只剩下巴士小姐，越跳越猛，客人不斷地拍掌喝采鼓勵，她用下半身向觀眾挑逗性迎來，顫抖得厲害。

忽然，燈光全暗，一切停止。

重開燈時，看到巴士小姐用毛巾擦著汗，向我走來。

「你怎能跳得那麼久？」我劈頭就問。

「你以為當巴士小姐那麼容易嗎？」她說：「做你們的工作我雖然不必講解，但是從出發到收工，你有沒有看過我坐下來的？單是靠這種腳力，我已比其他舞孃強。」

「為甚麼要離婚？」

「結了婚丈夫的態度一百巴仙轉變，對我呼呼喝喝，我問他說為甚麼，他說看到他爸爸叫他媽媽也是那個樣子的，他不懂其他辦法對我。給我大罵後他哭了，這時，我已決定他是一個永遠長不大的孩子，我要嫁的是一個男人，不是孩子。」

「你從小就喜歡肚皮舞這門藝術？」

「不，有個晚上來到這裏，看到我的一個鄰居在這裏跳，她不過是一個普通的家庭主婦，她能，我想我也可以。」

「那麼容易嗎，肚皮舞？」

「依足印度舞的傳統，當然很難，我們跳的是自由式，跟着音樂自由發揮。」

「客人會認為你不正統吧？」

「正統和不正統，很難有界限，一切要自然，要美，肚皮舞很多種，人家以為來自印度，其實是中東人，伊朗、伊拉克等地方開始的，後來又有了吉普賽人的方式，都是東抄西抄，沒有多少專業的人看得出甚麼叫正統。」

「最難學的是甚麼動作？」

「擺腰最容易，會做愛的女人都懂得這個動作，豪放就是，夠體力就是。搖動胸部最難，乳房是兩團不可控制的肥肉。普通的女人都不知道怎麼去動它，要把胸部一個向左轉，一個向右轉，可得學好多年才會。」

「也得要有點身材呀！」我說。

巴士小姐笑了：「開始，也有很多人向我說，你根本不是一塊跳肚皮舞的料子，你太瘦了。沒有的東西，我用下半身來補足。只要我搖得比其他人劇烈，觀眾就會服我。我當然不會自扮清高，如果你說肚皮舞是純粹為了藝術而發明，那是騙你的。」

「為甚麼肚皮舞現在在日本那麼流行？」

「主要的原因，是女人解放了。女人可以透過肚皮舞來表現自己，不必在辦公室裏替男同事倒茶。這個機會我們日本女人等了很久才來到，我終於能夠脱下制服，讓男人知道我在床上的話，可以多麼犀利。」

我完全同意她的見解：「如果有香港的女人要來學肚皮舞，有甚麼門路？」

她拿出張紙寫了 Mishaal 的名字，email address ：cooumikahina@ybb.ne.jp。另一個是 Miho，http://blog.livedoor.jp。還有一個叫 Akiko，www5.ocn.ne.jp。

「發個電郵去查問好了。」巴士小姐説：「她們都樂於教導，學費不是很貴，肯學的女人，會發現她們有力量把人生改變。」

音樂又響，她向我作個飛吻，又上台表演去了。我祝福她。

遺體屋

去了一趟日本，遇到一位老友。

「我經常看你的文章。」他說：「你寫旅行團，團友之中有很多特別的職業，像做阿拉伯文翻譯機、一塊錢機器圓球內的小玩具、量度船隻長短的專員等等，但是怎麼怪，還是怪不過我認識的一個女人。」

「她是幹甚麼的？」我忍不住即刻問道。

「遺體屋。」

「我知道日本人叫『屋』，也是代表了『人』——或『商店』的意思。甚麼叫遺體人？」

「從死亡到葬禮，她一手包辦。為屍體化妝、修補。」

「香港的殯儀館，也有人做這種事的，有甚麼稀奇？」

「我也知道，那種職業多數是老太婆幹的。」友人說：「我認識的這一個叫矢野細雪，才四十三歲，不過長得很漂亮。」

一提到漂亮，我有點興趣：「請她出來喝杯，行不行？」

「沒問題。」友人說：「我和她很熟。」

約在酒店的大堂，矢野細雪來了，是個身材修長的女人，留着長髮，手上捏着的那個化妝箱，很大，很重。

「您好，您是位作家嗎？」矢野細雪問。

「談不上甚麼作家。你做遺體屋，做了多久？」

「到今年，已是九年了。整間公司有四個職員。因為遺體多數是裸露着的，所以我聘用的都是女人，要不然對女死者不恭敬。」

「做過了多少？」

「沒正確算過，兩千五百個遺體左右吧。」

「怎麼會想到幹這一行的？」

「做人，都會死，活着的人，可以決定用甚麼樣子給別人看，惟有死，自己化不了妝，不能選擇一個『死樣』，你說是不是？我的客人也不全是死人，有些還活着，已經來吩咐我死了之後要有怎麼的一個樣子。」

我沒有想到她的動機，是有那麼的一套哲理：「需不需要領牌的？」

「我一下了決心，就拼命去學習整容手術，又跑去法醫官那裏當助手，對防腐藥的知識、注射的技術等等，要通過衛生部一級葬禮師資格的考試才能得到，我是拼了命學出來的。」矢野細雪說。

「一般的殯儀館都有這種服務，為甚麼客人會來找你？」

「你沒看到葬禮上的那張照片，和瞻仰遺容時那種分別嗎？簡直是兩個人。為甚麼我們不能用最好的化妝技術，把遺體變回生前一樣呢？這對死者是一種尊敬，對家人也是一種慰藉呀，減少家屬在葬禮上受更深的痛苦，有多好呢？我看着遺體生前的照片，一點一滴還原。」

「你有甚麼特別的道具？」

細雪打開了她的箱子，一一指出：「這是美國製造的屍體化妝品，用來打底的。舞台上的特殊道具，用來修復鼻子。醫療用的膠布，來拉緊鬆弛的皮膚，人一死，眉毛皺着，樣子一定不好看。這種情形，就要在遺體的眉頭之間打一針防腐膠進去，讓表情柔和。」

哇，真是專業！

「還有，」她繼續說：「最後的化妝，一定要塗上他們日常用慣的化妝品，殯儀處理死屍的都不夠自然。我通常留着眉毛那個部份，讓家屬在遺體輕輕畫上，這就是感情的接觸，英語說的 Personal Touch 吧！」

「有沒有遇過支離破碎的？」

「當然常見。像整個頭斷掉的，我要用醫學釘子，像一個巨大的釘書釘那種器具。這種情形，一定要得到家屬的同意，不然會被人家告『遺體損壞罪』的。如果有些部位找不到，就用鮮花來遮蓋，像跳進火車軌的例子，任何整容手術都沒用呀！」

「自殺的居多？」

「和自然死，一半一半吧！每年一月到二月，外邊溫度和室內的相差一大，病死的人就會增加，到了三月至五月，自殺的案子忽然增加。」

「那是為甚麼？」

「二十歲左右的人，考不上試，或者到大公司找不到職位，都會想做這種傻事，從遺體頸項的彎曲和傷痕來判斷，多數是吊頸的。」

「後面那幾個月呢？」

「氣候安定，我們的生意就減少了。高峰期是在十月左右，白領變成卡奴，中小企業老闆經營失敗，自殺者劇增，這些人都是突發性的，不像吊頸那麼深謀遠慮，跳火車軌的佔大多數。自殺還有流行性的呢！像有人燒炭，報紙一登，就有一大堆人跟着。」

「燒炭死，是不是很難看？」

「一氧化碳中毒，遺體暫時是美麗的，經過一段時間，一定有肺水腫併發的現象，就很難處理了。」

「你怎麼收費的？」

「有錢的，收多一點，太窮了送我一點禮，也照拿算了。」

「吃東西時，不會嘔心嗎？」

細雪笑了：「一做慣，就沒甚麼。我對那些朝九晚五的生活，討厭到極點。現在你請我去韓國烤肉店，我也照吃不誤。」

紫髮客

生活在東歐的人，沒有一個不認識匈牙利的 Zwack 家族。他們生產的藥酒 Unicum 家傳戶曉，腸胃一不舒服就要去找它。飲出癮來，到酒吧去，也叫一杯清飲或加蘇打水喝，有點像法國人享受茴香酒 Pernod 或 Ricard 一樣。

Zwack 應該音譯為茲華克，但是遇到當代主人彼得．茲華克，見他一頭頭髮紫色，我不禁又以紫髮客稱呼。

沒來到匈牙利，不知紫髮客的影響力。他當過匈牙利駐美國大使，返回故鄉，又是一位得人民愛戴的參議員。一生為匈牙利奔波。

但是匈牙利對紫髮客好嗎？

家族辛辛苦苦建立的生意，本來傳到紫髮客父親手中，但是德國人來迫害，紫髮客只有流亡到紐約，又到意大利去繼續生產這種藥酒，創出新的王國。

戰後，紫髮客拿了大筆資本，回到匈牙利去，把殘舊不堪的老廠重新建立，但是德國人走了，蘇聯人又來，在廠房重投生產的那一天，就把它共產地共掉了。

紫髮客抱着沉痛的心情，再次離開了故鄉。

共產政權下，公營的Unicum藥酒繼續生產，但味道和藥性大不如前，因為他們不知道紫髮客家族的配方，亂來一通，不過牌子老，還能賣到美國的東歐移民手上。

這時紫髮客不能再忍受，在美國告上法庭，不許共產匈牙利用這塊招牌。官司打贏，這是第一宗在海外勝訴共產霸權的例子，為東歐人出了一口氣，大家支持購買在意大利生產的正牌Unicum，紫髮客的錢越賺越多。

柏林圍牆倒下之後，走修正的匈牙利政府再次邀約紫髮客回去，這回他才是真正的衣錦榮歸，但也要花上數十億的美金才能買回廠房的生產權，經管至今。

我這次到布達佩斯去拍外景，好友安東．莫納說：「一定要介紹這個人給你認識，他是我的禮物。」

把志同道合的朋友當禮物，是我們常做的事，欣然接受。第一次見到紫髮客，發現他這個人真怪。

用一本小記事簿，把我的名字、地址、通訊記了下來，之後我所說的每一句話，只要他認為有意義的，也都做了筆記。簿子上做了記號，是第四千五百七十二本。

「別小看。」他說：「這些筆記簿幫助了我不少。我剛到美國，當推銷員時，全靠它記得每一個客戶的名字，一見到他們就認出來而成功的。任何一個人，在你第二次遇到時就能叫出某某先生，比甚麼高帽都好。」

「真佩服你這種能耐。」我說。

「但是這個習慣也帶來了禍殃。」他感嘆：「你知道，我們年輕時總愛玩，把在女朋友家裏過夜的事也記了下來。我還以為用匈牙利文，就沒人看得懂，哪知道我第一個老婆偷了漢子，要和我離婚，就拿筆記簿去翻譯，把我告得差一點傾家蕩產。」

聽後我也笑了出來，他當今的太太是英國人，也做過飲食版的記者，在旁邊微笑，好像不太介意，反正這一招她也用得着，如果紫髮客再拈花惹草的話。

「還是社會主義的匈牙利政府，怎麼肯叫你回來？」

紫髮客說：「我們的酒要幾十種藥材才能做得出，這要向全世界各地購買，他們也沒有本錢和配方，只有求我，最初是要我和他們合作的。」

「和社會主義合作，容易嗎？」

「我們匈牙利有個笑話，說雞向豬提議，我們來合作吧。每一天我生一個蛋，你割一片火腿，就能拿去賣了。豬聽了之後說，你生一個蛋不要緊，我割一片腿就要死人的呀！雞說：你說得一點也不錯，合作任何生意，一定要先死人！」

他的笑話惹得我大樂，開始喜歡紫髮客這個人。他最後沒有和其他人合作，買了五十一巴仙的股權，成為藥廠老闆，有話事權才肯幹。

當今他把古色古香的廠房整頓得內部現代化，藥酒的生產全部不經人手。過程不讓人參觀，只親自帶我去看，廠房還闢了一個部份建成博物館，裏面有紫髮客畢生收集的小酒辦，一共有幾十萬瓶，如果申請健力士紀錄，一定由他打破。想起只收集幾千瓶的人，就沾沾自喜，有點好笑。

博物館中還有一幅 Unicum 最初海報的原稿，畫有一個差點溺斃在海中的水手，冒出頭來，看到一瓶救命的 Unicum 藥酒，浮於水面，大作驚喜狀。這幅海報已成為 Cult Art 的經典了，複製品當今流行於世，很多酒吧中都掛着。

紫髮客開了一瓶 Unicum 給我試味，那個濃厚得發紫的黑液，一口喝下去，苦到極點，並非一般飲者能夠接受的，我笑道：「這種苦酒，就算沒有藥性，也會把人嚇得認為很有效的。」

「我看你喝得津津有味，就知道你是一個吃過苦的人。」紫髮客也笑了：「當今的年輕人都沒吃過苦，所以我又生產出另一種酒，叫Next，帶甜，酒瓶的包裝和老的一樣，銷路不錯。」

真會做生意，今後把這種酒推到大陸，也大有捧場客吧？是的，我們吃過苦的這輩子人，感到特別好喝。

網址：www.zwackunicum.hu

劇院叟影

我們來到了捷克，到各個名勝看看，被很多本導遊書忽略的，是布拉格市中心的一間歌劇院，叫 Estates Theatre。

外表和出入口都不會讓你留下甚麼深刻的印象，我們走進去時，一位老人迎來。

個子矮小，頭半禿，腰有點彎，戴黑框眼鏡。胡地．亞倫再過二十年，就是這個樣子吧！

「歡迎，歡迎，」他展開了雙手，笑容中保持一個距離：「我的名字叫巴伯，姓太長了，不說了，說了你們也記不清楚，我自己也時常忘記。」

「名字叫巴伯，我們就叫你老爸好了。」我聽到他的語氣內帶幽默感，就不客氣地說。

這一來，冰融了。老頭笑得燦爛，要我們跟着他走。

當地導遊偷偷告訴我：「巴伯是一位著名的作曲家，在這個歌劇院指揮了幾十年，不肯離開，每天堅持來這裏帶遊客四處看。」

到歌劇院，只有用嘆為觀止四個字來形容了。整個觀眾席沒有一根柱子，對着舞台的三面高牆建滿了包廂。最令人驚訝的是，這個歌劇院雖然建於十八世紀後期，但是現在看起來，和昨天才建的一模一樣，是下了多麼大功夫去維修的成果！

眾人正要舉起電子傻瓜機時，老頭又嚴肅地警告：「政府規定，這裏是不准拍照！」

大家正要收起相機，老頭繼續說：「我已八十五歲了，眼睛有點毛病，你們要做甚麼就儘管做好了，我是看不見的。」

我差點大聲地笑了出來。問道：「《莫扎特傳》也是在這裏拍過的？」

老頭讚許：「你的記憶力真好。是的，莫扎特最愛這家歌劇院了，他的作品最初都得不到其他歐洲國家欣賞，只有我們波希米亞人喜歡。Don Giovanni 一八七八年在這裏首演，得到最盛大的成功。」

「現在還有表演嗎？」有人問道。

「為了紀念莫扎特，我們每晚都在這裏上演這套歌劇，如果你們喜歡晚上可以來看看。」老頭說。

可惜緊密的行程不允許我們再來，下次重訪布拉格，一定不會錯過。這個歌劇院好處在於不大，全部只能坐五百多個人，當年表演，不用麥克風，周圍都能聽得清清楚楚。走廊上放着一個小電子鋼琴，怎麼用的？

「我現在彈一兩首曲子，讓各位聽聽這裏的音響效果。」老頭說完把鋼琴接上電，但接來接去還是接不到，發起脾氣來用捷克話罵那個導遊，意思好像在說：「老早叫你們準備好了，為甚麼弄出紕漏？」

老頭生氣的樣子真可愛，他現在唯一的慰藉就是可以再次在歌劇院中表演一次吧？連這機會也被剝奪，怪不得要發怒了。從他的眼神，也可以看出當年他糾正樂師們的那種威嚴，厲害得很。

導遊嘰哩咕嚕，意思是說還有一架鋼琴，這時老頭才息怒，指着舞台，用英語說：「各位有沒有看到蓋着舞台的，是一張鐵做的幕？政治上的鐵幕會帶來戰爭，這張鐵幕的確是用來防火的。」

還沒走進來時，在大堂看到這間歌劇院的模型，舞台很深，佔了整個建築的三分之一，原來的設計是舞台後面也有包廂，表演者在中央，讓觀眾團團轉地包圍着觀賞，實在是一個很新的概念。

後台是怎麼一個樣子？當然是我們最想看的。這時老頭說：「各位不懂捷克語吧？」

「不懂。」我們說。

「那太好了。」老頭笑道：「後台用捷克語寫着不准參觀，既然大家看不懂，就可以進去了。」

後台的門鎖着，老頭找鑰匙，左摸右摸，掏出的都打不開，又發脾氣了，導遊年輕，説要到管理室去拿，老頭嘰哩咕嚕大概是說：「不必你費神。」

以為他腳步蹣跚，哪知他飛一般跑去拿鑰匙。從他掏出來的，看到一把汽車的，原來他還能每天開車來這裏呢。

不一會，老頭回來打開門：「從前這裏是不鎖的，後門通到菜市場，有一次一個人誤打誤闖走到舞台，正在上演古裝戲，跑進一個現代人來，觀眾以為是喜劇。」

我們從舞台下面經過，望上來，才知道設計是那麼厲害，整個那麼大的舞台可以用人手旋轉，而且是毫不花氣力。

舞台後面是演員的休息室，當今改成一個飯堂，一邊擺着架鋼琴，老頭坐下，向我們說：「我現在彈兩首曲子，第一首是捷克作曲家的作品，叫《幽默之曲》(Humorous)，第二首是描寫經過布拉格的河流維地瓦，其中一些變奏是我自己加進去的。」

那雙一見是僵硬的手，忽然變成柔軟無比，十根手指化為百根，彈出兩首精彩的樂章。

大家熱烈拍掌，老頭站了起來，深深的一鞠躬：「謝謝各位觀賞，這次歌劇院之行，到此為止。我希望，我能一直留在這裏帶大家看看，到死為止。」

賣豬腸粉的女人

家父早餐喜歡吃豬腸粉，沒有餡的那種，加甜醬、油、老抽和芝麻。年事漸高，生活變得簡單，傭人為方便，每天只做烤麵包、牛奶和阿華田，豬腸粉少吃。

我返家陪伴他老人家時，一早必到菜市場，光顧做得最好的那一檔。哪一檔最好？當然是客人最多的。

賣豬腸粉的太太，四十幾五十歲人吧，面孔很熟，以為從前哪裏見過，你遇到她也會有這種感覺。因為，所有的弱智人士，長得都很相像。

已經有六七個家庭主婦在等，她慢條斯理地，打開蒸籠蓋子，一條條地拿出來之後用把大剪刀剪斷，淋上醬汁。我乘空檔，向她說：「要三條，打包，回頭來拿。」

「哦。」她應了一聲。

動作那麼慢，輪到我那一份，至少要十五分鐘吧。看看錶，我走到其他檔口看海鮮蔬菜。

今天的蚶子又肥又大，已很少人敢吃了，怕生肝病。有種像鰤魚的「市殼」，骨多，但脂肪更多，非常鮮甜。魔鬼魚也不少，想起在西班牙的依比莎島上吃的比目魚。當地人豪華奢侈地只吃牠的裙子。魔鬼魚，倒是全身裙邊，醃以辣椒醬，再用香蕉葉包裹後烤之，一定好吃過比目魚。

菜攤上看到香蘭葉，這種植物，放在剛炊好的飯上，香噴噴地，米再粗糙，也覺可口。的士司機更喜歡將一紮香蘭葉放在後座的架上，越枯香味越濃，比用化學品做的香精健康得多。

時間差不多了吧，打回頭到豬腸粉攤。

「好了沒有？」問那小販。

她又「哦」的一聲，根本不是甚麼答案，知道剛才下的訂單，沒被理會。費事再問，只有耐心地重新輪候，現在又多了四五個客人，我排在最後。

好歹等到。

「要多少？」她無表情地問。

顯然地，她把我說過的話當耳邊風。

「三條，打包。」我重複。

付錢時說聲謝謝，這句話對我來講已成為習慣，失去原意。

她向我點了點頭。

回到家裏，父親一試，說好吃，我已心滿意足。剛才所受的悶氣，完全消除。

翌日買豬腸粉，已經不敢通街亂走，乖乖地排在那四五個家庭主婦的後面，才不會浪費時間。

還有一名就輪到我了。

「一塊錢豬腸粉。等一下來拿。」身後有個十七八歲的姑娘喊着。

「哦。」賣豬腸粉的女人應了一聲。

我知道那個女的說了等於沒說，一定會像我上次那樣重新輪候，不禁微笑。

「要多少？」

我抬頭看那賣豬腸粉的，這次她也帶了笑容，好像明白我心中想些甚麼。

「三條，打包。」

做好了我又說聲謝謝，拿回家去。

同樣的過程發生了幾次。

又輪到我。

這回賣豬腸粉的女人先開口了。

「我不是沒有聽到那個人的話。」她解釋：「你知道啦，我們這種人記性不好，也試過搞錯，人家要四條，我包了三條，讓他們罵得好兇。」

我點點頭，表示同情。收了我的錢，這次由她說了聲謝謝。

再去過數次，開始交談。

「買回去給太太吃的？」她問。

「給父親吃。」

賣豬腸粉的女人聽了添多一條，我推讓說多了老人家也吃不下，別浪費。不要緊，不要緊，她還是塞了過來。

「我們這種人都是沒用的，他們說。但是我不相信自己沒有用。」有一次，她向我投訴。

「別一直講我們這種人好不好？」我抗議。

「難道你要我用弱智嗎？這種人就是這種人嘛。」她一點自卑也沒有：「我出來賣東西，靠自己，一條條做的，一條條賣。賣得越多，我覺得我的樣子越不像我們這種人，你說是不是？」

我看看她，眼睛中除了自信，還帶着調皮。

「是。」我肯定。

「喂，我已經來過幾次，怎麼還沒有做好？」身後的一個三十幾歲的女人大聲潑辣地：「那個人比我後來，你怎麼先賣給她？」

「賣給你！賣給你！賣給你！賣給你！……」

賣豬腸粉的女人抓着一條腸粉，大力地剪，剪個幾十刀。不停地剪不停地說賣給你，扮成一百巴仙的白癡，把那個八婆嚇得臉都發青，落荒而逃。

我再也忍不住地大笑，她也開朗地笑。從眼淚漫濕的視線中，她長得很美。

牛次郎和尚

我一生人之中有好幾個和尚朋友，印象最深刻的應該是牛次郎了。日本和尚多數是娶老婆的，牛次郎也不例外，他除了老婆之外，還有許多女朋友，並曾經鬧過把一個三級片女明星的肚子弄大的緋聞。

認識牛次郎，是當年我策劃過拍一部《滿漢全席》的片子，和日本國營電視台NHK合作的。寫劇本的人選，我第一個想到的便是他。

牛次郎多才多藝，不唸經的時候他便寫小說、散文和舞台劇本，他的著作改編成漫畫《庖丁人味平》，膾炙人口。庖丁人便是伙頭大將軍的意思，裏面種種關於吃的材料，不是欣賞各類美食的人寫不出。當然，日本和尚也是吃葷的。

第一次見面是在東京的帝國酒店，牛次郎駕了他的賓士來到，請我吃天婦羅。

牛次郎長得又瘦又小，戴個圓框眼鏡，一個平頭，留着短髭，牙齒略有煙漬。

「你是一個真正的和尚嗎？」我單刀直入。

摸着他的頭，牛次郎笑着：「日本和尚是父傳子子傳孫的，我長在一個和尚的家庭。」

「你的廟呢？」

「在熱海附近，幾時請你來坐坐。」

「謝謝你專程來東京見我。」我客氣地。

「不，不。」牛次郎說：「我在東京有個辦事處，每個星期往返二三次。」

「辦事處？」

「其實也不是個真正的辦事處，用來寫稿。」

日本有名氣的作家就有這一點好處，在週刊的連載，不到最後一分鐘不交稿，雜誌社怕作家脱期，就派一個小職員去他家裏等，通常派去的是女的，作家寫寫稿就把她搞上了。

牛次郎好像猜到我的心事，尷尬地：「我的名譽不好，派來的是個男的。」

當晚，我們天南地北，無所不談。牛次郎對中國文學知識的豐富，並不遜一般大陸的年輕男女。

之後，我們常見面，成為朋友。

牛次郎約我去他在熱海的廟，要用車子送我去。我說日本到處行得通，自己找上門好了。

終於一日到訪，牛次郎的廟，地方比我想像中大得多，背山面水，遙望有活火山的大島，風景優美得很，地方有二萬呎左右，穿過幽靜的庭園便到他的住宅。

打開酒吧，數不清的種類，我們狂飲起來。

「來來來，我知道你也喜歡篆刻，給你看一件好東西。」牛次郎拉着我的手走進他的書房。

有如一間小型圖書館，中間擺着一副奇妙的機器。

「我這個人沒有耐性。」牛次郎摸着頭：「對於圖章，我只喜歡佈局，不肯花功夫去刻。」

原來這副機器由一個精巧的電腦控制，只需把印石夾好，再將印文輸入，一按鈕，刻刀便自動行走，飛沙走石，一下子便把一顆圖章刻好。

「我要是去搶圖章店的生意，他們一定破產。」牛次郎又摸頭，一臉嘻笑：「不過，這架東西已花了我五千萬，合四十萬港幣。」

「你寫那麼多稿，也不在乎這些。」我說。

「單單稿費哪夠我花！」牛次郎大叫：「我是個二世祖，玩起來沒完沒了。」

「你可以做回老本行，做法事呀！」我嘲笑。

「唉！」牛次郎嘆了一口氣：「現代人的遺族，已不肯花那麼多錢替死人唸經了。」

我也默然。

「不過。」牛次郎摸頭想起又樂了：「我有新的生意，我帶你去看看我另外的一個玩具！」

穿過他的廟宇，我們走到廟後的一間建築物。哇！是個火葬場。

指着那個小型焚化爐，他叫道：「就是這個東西！」

「燒死人小不小一點？」我問。

「誰說是燒人？是用來燒貓燒狗的。」

「燒貓燒狗？」

「是的。」牛次郎滔滔不絕：「熱海這一帶是名勝區，盡是些有錢人的別墅，他們的子女一長大，都不和他們一起生活。老人孤單，便養貓養狗來做伴。我在路上散步見到了，靈機一動：貓狗一定比人短命，既然有了感情，便要好好地安葬牠們。所以就訂造了這個焚化爐，專替貓狗火葬。別小看它，燒一次二十萬日圓，要唸經的話多五萬，如果立墓碑，另賣十萬，加起來不是個小數目，而且生意興隆，做法事還得排隊呢。老人花起錢來，比他們的兒子替他們辦後事慷慨得多！」

「親愛的，天涼了，多穿一件衣服。」牛次郎的妻子面貌慈祥，身材略胖。

「嚕嗦些甚麼！」牛次郎大喝：「再嚕嗦把妳也塞進去燒！」

牛次郎妻子表情忽然轉為猙獰，要用拳頭擊其腦，弄得他落荒而逃。

摸畫的狂人

如果你第一次遇到辛德信，又不知道他是何方神聖，一定會被他嚇得一跳。六呎以上的高度，年齡已六十多歲，還是一頭烏黑的零亂頭髮。辛德信是位混血兒，他從口袋中掏出皮製的雪茄盒子，對它吻了又吻，然後拿來臉上擦了又擦，再做幾個愛得抽筋的動作。抽筋，並不是形容詞，他本人經常抽筋：縮縮頸、搖搖頭，大叫：「葉比 Yippie，世界和平 Caramba！祝福你 Blessings！太妙了 Fantastic！」

猛抽幾口雪茄後，他便拿着煙頭到處塗鴉，菜牌、餐巾，無處不是他的畫布。突然，他爬上椅子，在人家的橫樑上鈎了幾筆，等他坐下，樑上已出現數匹在飛奔中的駿馬，欣賞他的作品的人愛得要命，但是餐廳多嫌髒，吩咐工人將它漆回白色，「斗記」的老闆就是其中之一。可是下次辛德信光顧，又畫數匹。

辛德信抽的是數千塊一盒的大 Punch'N Punch 雪茄，揮霍地拿來當畫筆。家中養的貓，吃的東西由文華酒店叫來，他自我解釋：「花不必要花的錢之後，我會畫得更好！我認為只是對我自己的一個交代，我總需要一點火花來當刺激，有時也不一定是貴的，像刨一支未開苞的鉛筆，穿一條新的底褲，或者讀到一篇好文章，我也痛快得要命！」

留意一下，他的作品常在你身邊出現：文華酒店西餐廳外面那幾幅大壁畫，國泰航空公司的飛機裏，蓋住電視熒光幕那幅駿馬，前奔達中心，今日的力寶大廈的大型浮雕等等等等。

新加坡的希爾頓酒店前面的石壁，一共有四千平方呎以上的雕塑，都是他的手筆；倫敦的莎威酒店大堂、紐約的泛美大廈中皆掛着他的畫。北京的和平飯店和國際機場也有浮雕，甚至於在西班牙巴塞隆那的未完成聖家堂，也請他去設計彩色玻璃窗。著名畫評家的引述：「辛德信是東方藝術奇才的化身，他的雄渾奇偉的筆觸、出神入化的構想、超凡脫俗的風格，使作品閃耀着色藝的光芒，畫中儘管是細微的籥、鼎或旌旗，也是璀璨奪目的，而且隱涵着非凡的意境。」

另一位說：「辛德信的作品表現着蒙古騎士的驃悍精神，在其豪邁雄渾的氣派中，又能充份顯現細膩精緻的線條美，他的畫奔放着熾熱的感情，原始的狂野，但其色彩與畫面又蘊含着夢幻般的和諧。」

對這些評語，辛德信當成耳邊風，他只是一個不斷地創作的大孩子，喜歡脫光衣服趴在畫布上作畫，這樣才有與作品做愛的親切感。人家讚美他的蒙古馬，把許多含意硬加上去，他開玩笑地：「那些馬臀，像不像女人的屁股？」

你說他狂嗎？他的作品表現出疏又何妨，狂又何妨的境界。要是你認識他，便知道他有時謙虛得要命，還像一個兒童一樣地害羞呢。

不過性在他的作品上佔着很重要的部份，他會赤裸裸地畫出像佛一般的形象，掛在夏威夷的那幅《慶祝》，就是明顯的男女交歡，力寶大廈的作品中，有一個像女性陰戶的浮雕。

他也不介意地告訴你，他是畫裸體畫起家的。當年辛德信的愛爾蘭父親跑到吉隆坡去創辦《馬來亞郵報》，認識了檳城來的中國大家閨秀，兩人衝破種族歧視結婚後生了他，小時候辛德信在新加坡是拉小提琴的，但是交響樂團沒有經費完結後，他便以畫裸像得到荷蘭航空公司的獎學金去西班牙進修。

至今，辛德信還是對裸女有無限的愛好，他常親吻着畫，大叫：「這是我的女兒！」

作畫之前，他卻不做性事，他說：「像一個出征的兵，要保有作戰的憤怒和精力才行。」

雖然這麼說，性還是一直圍繞着他，他也不諱言地：「人家去做他們的野心家，我做我的慾心家！」

辛德信的畫都是私人珍藏的居多，他反對把畫掛在博物館裏，他說那已經死了。他喜歡欣賞他的人摸到他的畫，所以你到文華酒店摸他的壁畫，酒店經理抗議的話，你儘管可以說畫家本人是同意的。他自己也常去又摸又吻，他說：「反正掛在餐廳外，被冷氣和廚房的油煙都弄壞了。」不過請別擔心，他會去修理的，他說：「只有我才可以修好，因為我的技巧很特別，我的畫材是混合了蠟、魚、膠、蛋黃、沙、鐵片、木屑、枯葉等等。」

辛德信的浮雕也將任何材料都派上用場，這也許是受了西班牙的藝術家高地的影響吧。高地最喜歡把破爛的陶瓷、士敏土等等混合來用，錯綜複雜得不得了。崇拜高地的人，也會因而喜歡上辛德信的作品。

現在他的畫要賣到十萬美金一幅吧。貴嗎？一點也不貴，比起賣上百萬港幣一幅的范曾之流，還有許多經不起時間考驗的大陸畫家，我的頭搖個不停。香港藏家對辛德信的認識並不夠，他的確是一位在鑑賞上和保值上都有重量的藝術家，不過十萬美金還是許多人買不起的。

「你為甚麼不畫一些簡單一點的，賣得便宜一點的畫，讓大家來分享分享呢？」我問他。

「比方說？」

「比方說畫一百幅佛像呀，比方說畫一百零八幅代表煩惱的惡魔呀！」我說。

「啊，佛像！我一定畫！我一定畫！我畫的佛像，由佛的眼神走出一塊福地！佛的微笑中是天堂，聲音是喜悅；我像是和神明同坐在一起，我嘗試到大地的極樂！」辛德信大叫。

和他談天，不必喝酒，已醉。

胡師傅

監製的電影之中，曾經親自參與服裝設計的也不少。很久之前，張曾澤導演的《吉祥賭坊》是其中之一。

當年賣中國絲綢的地方不多，到油麻地的「裕華百貨」去挑，替女主角何琍琍選了十多件民初裝，根據衣樣的三種花紋的顏色，緄上三條襯色的邊，非常好看。

男主角岳華的長衫，大膽地用西裝料，中國絲綢太薄，容易皺，用了西裝料，長衫筆挺，加在頸項上的那條圍巾，也做得特別長，以配岳華五呎十一吋的身高。

料子買完後便去找高手胡師傅，他是當年最好的上海裁縫，兩人研究了半天，又半天，再半天。

胡師傅處，存有種種的粗邊料子，上面的刺繡手工，已非近人有能耐做到的。但太闊的緄邊會影響整件衣服的色調，本來襯佈景的顏色，弄得不調和，便顯得整件衣服不安祥了。又有些服裝是用來拍動作戲的，也須胡師傅放闊肩寬和褲襠。大致的設計完成後，胡師傅開始替演員度身。

這一量，可量得真仔細。

身長前，身長後。前奶胸。背長。前小腰，後小腰。前中腰，後中腰。前下腰，後下腰。下襬。開衩。肩寬。掛肩。袖長。袖口。領大。領前高，領後高。胸綮。褲長。腰大。直襠。橫襠。腳管。

一量要量二十五個部位，才算略有準則。當然，初步完成後還要穿在演員身上，做精密的修改。

當年這部片子大賣錢，許多東南亞的觀眾特地跑來香港做衣服，要求和何琍琍穿的一模一樣。

和胡師傅失去聯絡已久，是因為聽到同行說他已經不做，再也找不到他了。一次在油麻地找一間燉奶店試食，偶然碰到他，大喜。

「你還在替人家做旗袍嗎？」我問。

「當然。每年香港小姐穿的，還是我做。」胡師傅人矮，又清瘦，說話小小聲。粵語這麼許多年來還是不準，我們用普通話交談。他還是那麼不苟言笑。

「為甚麼人家告訴我你退休了？」

「我們這一行生意越來越壞，能傳說少一個師傅，就少一個師傅吧。」胡師傅不在乎地說。

這些同行真可恨。

我們邊走邊談，回到他在油麻地寶靈街六號的老店，樓梯口旁的水果攤，還是由那位老太太經營。認出是我，高興地打招呼。

走上二樓，胡師傅的老助手來開門，這間狹窄的小房間中，他們一手一腳創造出許多傑作來。

「還記得我們合作的《吉祥賭坊》嗎？」我問。

「怎麼不記得。」胡師傅興奮了起來。

「那部片子帶來不少生意吧？」

「不，不。」胡師傅一口氣說：「人家以為是在裕華做的，都跑到他們那裏去，給他們賺飽了。我為甚麼知道？是因為有些客人的要求刁鑽，裕華做不了，還是拿回來給我完成。」

「現在呢？做一件旗袍要多少錢？」我單刀直入地。

「要四千多一點，連工帶料。」

二十年前已是一千多一件，其他東西已貴了十倍二十倍，胡師傅這裏只多了三千，算是合理的了。而且，一件旗袍，只要身材不變，是穿一生一世的。

看見架上有幾套唐裝衫褲。

「怎麼那麼小？」我問：「是甚麼人穿的？」

「說出來你也知道。」胡師傅說：「她就喜歡穿男裝，每年總得來做幾套。」

記起來了，當年曾經在店裏看到這位女扮男裝的老人家。來胡師傅這裏的客人，不乏江湖中許多響噹噹的人物。

「喂，胡師傅，你有沒有替張愛玲做過衣服？」

他正經地：「張愛玲在香港住的時候還是學生，哪裏有錢來找我？她照片上的幾件唐裝，有的還不錯，有的像壽衣。如果經我手，我一定勸她用花一點的料子，看起來便不那麼礙眼。」

「林黛呢？你做過吧？」

「做過。」胡師傅回憶：「林黛的腿其實很短，穿起開衩旗袍並不好看；但是衫褲的話，穿上一對加底的繡鞋，人就高了。她腰細，可引誘死人。」

「你替我做的那件長袍，我現在在冬天還穿着到外國去呢！」我說：「一點也沒走樣。」

「中國人的設計最適用了，長袍的衩開在右邊，不像西式大衣開中間。開中間，風就透進來了。」

胡師傅說的，我完全同意。

「這麼多漂亮女人，全給你看過，我真羨慕你。」我向胡師傅開玩笑。

「你也見過不少呀。」他說。

「是的，但是比不上你。我乾看。你一見面，就拿軟尺替人量胸，還是你着數。」我饒舌。

胡師傅笑了，笑得開心。

野女孩

成龍一面拍戲，空餘時間，經理人陳自強安排他拍一些廣告。反正日本人手闊，一兩天功夫就是七八百萬港幣，何樂不為。

這一次廣告公司派了大隊人馬，移陣到墨爾本來。除了日本和香港的工作人員，還在當地請了一些助手。

其中有位金髮女孩，圓臉，兩顆大眼睛之外，五官的配合並不調和，可以說是難看到極點。而且，頭髮是染的，本身是個日本人。

廣告拍完，攝影隊歸去。隔了數日，成龍請友人加山吃飯的時候，這個女人又出現了。

「我是在這裏唸書的。」她宣佈。

多一個人吃飯，不要緊，但是菜一上，她大咧咧地舉筷先夾餸。禮貌這兩個字，她的字典中不存在。

年紀還小，我們不在乎。

成龍叫的那枝珍藏紅酒，正等着呼吸，她已等不及，自己倒一大杯，咕哩咕嘟地灌下去。再傾，又是一杯，當成可樂。未幾，已幹掉半瓶。

為成龍製造夾克和T恤的加山，低聲地用日語向我說：「現在日本的新人類，和我們認識的女孩子不太一樣吧。」

我笑着問：「甚麼女人？」

「她年紀不大，叫女人太老？」加山説。

「甚麼女人？」我再問。

加山用目光對着她：「那個女人呀。」

「甚麼女人？」我又問。

「難道是男人嗎？」加山説。

「是人嗎？」我反問。

加山聽明白，笑了。

噹噹噹，這隻東西有點醉，拿了筷子，把碗碟當成鑼鼓，敲將起來。

煙一根接着一根，手指也黃了，牙齒也黃了。看見三十枝裝的萬寶路煙盒已空，走過來把我那一包拿去，謝也不說一聲，從此不回頭。

她死纏着成龍講話，一面講一面拍着成龍的手臂，不讓他有機會分神。說完一個並不好笑的笑話，大家笑不出，她自己格格大笑不停。

這頓飯好不容易吃完，甜品上桌，是一大碟芒果布甸，她先用匙羹掏了一羹，大叫：「Oishi，Oishi。」

用舌頭把匙羹舔了又舔，不等其他人，又來一羹。這一下，大家都不敢再吃，尤其是聽完她見到喜歡的男人便和他們上床的故事。

席散，我們回公寓去，這東西死都要跟來，不管大家怎麼暗示。後來，乾脆向她說：「我們還有工作要談，你來了不方便。」

她苦苦地哀求之後，舉起三隻手指做童子軍發誓狀：「讓我在一邊聽吧，我答應一句聲也不出。」

拗不過她，讓她上車。

果然遵守諾言，這個話說不停的東西，進到成龍房間隻聲不出，但很惹人反感地東翻西翻。被大喝一聲之後，才乖乖地坐下。

加山拿出幾十種設計給成龍看，怎麼看都不滿意，T恤的圖案，失敗了不要緊，本錢輕，數量也不多，但一到夾克，尤其是皮製的，非細心處理不可。

正當煩惱，那個東西悄悄地拿着特粗的簽字筆，把圖案的側邊和底部鉤了一鉤。字體即刻突出，由平凡的設計變成一個極有品味的標誌。

「我是學服裝設計的。」她終於開口。

大家都在感嘆她觸覺的靈敏時，她由袋中拿出一堆彩色筆，把其他的設計左改右改，變成張張都能派出用場。

「犀利！」有些人喊了出來。

「唔算乜嘢啦！」她説。

「你識講廣東話？」大家驚奇。

她腔調純正地：「上幾個男朋友係香港人，床上學嘅。」

「重識得講幾種話？」

「法文啦、西班牙話啦。」她説得輕鬆。

不解釋大家也知道，又是在床上學的。

由台灣來的女主角也在座，她不懂廣東話，用國語問：「你那間學校不錯嘛，我也要去學。」

「只學基礎好了。」她又以國語回答：「其他的在書本、雜誌上學，去博物館學，到各個大城市的商店學，學校教的，沒用。」

「我們吃飯的時候罵你的，你都聽得懂？」眾人問。

「不。」她搖頭：「不想聽的，聽不懂。」

「你怎麼這麼野？」我們乾脆直接問她。

「做藝術的人，感情是不可以控制的。但是過多幾年，我也不會那麼放肆，老了就圓滑，乘現在年輕，野一點有甚麼關係？」她說。

「但是不是每一個都能忍受得了你呀！」我們說。

她平靜地回答：「我也在忍受你們呀！」

嘆為觀止，絕倒。

西瓜罩

有時候，逛百貨公司，是一種消磨寂寞的最好辦法。雖然是陪別人走走，但自己也得尋找樂趣。

走進女裝部，友人看別的東西，我們可去研究香水。內衣部門更好玩，要是態度不猥瑣，目光充滿自信，甚麼地方都能去。

踏上三樓，整層都在賣女性內衣，墨爾本的百貨公司比香港大上十倍。地方大，選擇自然多，晨褸、睡袍、睡衣、腰封、褲襪、底褲和胸罩。種類最多的，當然是胸罩了，一年有好幾億的生意。

一般的胸圍，價格由港幣一百元到一兩千元不等，顏色有：白的、黑的、紅的、藍的、紫的、銀灰的，也有皮膚色的，有些薄如避孕套，有些厚如鞋底。

運動家型的、良家婦女型的、情婦型的、變態婆型的和剛發育型的，應有盡有，任君選擇。

客人並不一定全是女性，各個年齡群的男子也到這部門購物，可以買來送女朋友、老婆、女兒、情婦，甚至老媽子或外母大人。以胸罩當禮物，行李包不超重，價錢合理，物輕情重，何樂不為。

走完一圈，正想離去。看見一個四百磅的大肥婆，搖搖擺擺地走了過來，目光不禁隨着她移動，見她一個箭步，走向她熟悉的攤位，從架上一手拿了一個倒吊着的白色通花大胸圍，試也不試，就到櫃枱付錢。

充滿好奇心，即刻走到那個角落看看。

原來貨架的乳罩，都是為特異身材女士而設，有二十四、二十六、二十八。

二十八吋不算大呀？

「澳洲的尺寸，是從十、十二、十四算起。」售貨員親切地解釋，「這等於別的地方的三十二、三十四和三十六了。」

「最大的呢？」我問。

「剛才那位女士選的不是最大的。」她說：「最大的是二十八，等於你們的五十。」

嘩。

至於是甚麼杯呢？當然不是茶杯囉。

澳洲的杯和香港的杯卻是統一的，用A、B、C、D來代表。杯怎麼量呢？很簡單，由女人的乳首開始計算，下半個乳房和軀體之間的距離，便是杯的位置。換句話說，乳首和背部加起來叫E線，軀體叫F線，E線大過F線一吋，即屬A杯，大過二吋，就是B杯，大過三吋，便是C杯，大過四吋，變成D杯了。

還是搞不清楚嗎？讓我慢慢解釋，有些女人虎背熊腰，軀體大得不得了，但乳房卻很小，也可以穿三十八吋，但看起來一點也不像三十八，如果有ABC杯來量，那就原形畢露了。

還是不懂？唉，馬馬虎虎算了。

東方女人多數發育不足，穿着A杯，有的還可憐到要着最小三十AA杯呢。如果能有D杯級數，已屬犀利。西方女子，特大是殺死人的F杯！

售貨員拿了一個二十八F的給我看。這個五十吋的罩罩，用軟尺一度，直徑足足十二吋，深度七吋，問你怕未？

此大胸圍布質極差，上半球部份有通花的繡織，下半球是塊白布，底有鐵線箍住，中間還有一個俗氣的蝴蝶結，亮晶晶地閃着。乳罩帶子普通的只有一公分，但此怪物有三倍的三公分，可以伸縮。背部的鐵扣，通常只有一至二個，但它有六個排着隊。

研究了一輪，不買不好意思。

「就要兩個吧。」我向售貨員說。

「謝謝。」做成生意，她滿高興地問：「是送給您太太的吧？」

呸呸呸呸呸。

拿回辦公室去，大家都嘖嘖稱奇，樂了一大陣子。

成龍也圍過來看，我解釋ＡＢＣ杯的道理給他聽。

「不懂！」他搖頭走掉。

說也是的，會脫就是，懂得那麼多有甚麼用？

翌日，逢禮拜休息，工作人員都拿了相機，到維多利亞市場去拍照留念。

「不如改變一下，拿個錄影機去拍吧。」我說：「拍完翻錄，每人一盒，更有紀念價值。」

眾人贊成。

去市場逛完之後，買了兩個大西瓜，裝進那個大乳罩中，叫同事當菜籃提着。

我先把錄影機鏡頭對着過路人拍特寫，看見那西瓜罩，每個人都捧腹。再拍提着西瓜罩的同事大搖大擺地走過，待稍後剪接成片段。

但一個笑料不夠，必須追擊，才能保證票房，又叫道具的兩個長得像孖生的兄弟梁銳能及梁銳棠抱在一起，頭上各一杯地戴那個乳罩當帽子，扭着屁股招搖過市。

路人笑得跌倒地上，拿錄影機的手也提不穩，跟着笑得跌倒在地上。

蔡氏出品，必屬佳品。

沙灘中的螃蟹

葉一山在沙灘上散步，退潮，很多小螃蟹從洞中爬出來，聽到他的腳步像巨人來臨，又趕緊縮回洞裏。

迎面而來的是一位少婦，看起來最多不過是三十出頭，長得很美，但是臉色蒼白。

「你是葉先生吧。」她忽然開口。

「是的。」葉一山問：「你怎麼認得是我？」

「我就住在你家附近，每一次想和你打招呼，都不敢，今天有機會遇上你，真幸運。」

葉一山正感到無聊，想說「幸運的是我」，但覺得老套，親切地點頭笑笑：「你貴姓？」

「我姓楊，叫翠翠。」

「是楊小姐還是楊太太？」葉一山問。

「又是楊小姐，也是楊太太。」少婦說：「我丈夫也姓楊。」

「真巧。」葉一山只好這麼說。

「人家都說同姓不能結婚，但是那時候我年輕，不管那麼多，我十六歲就嫁給了他，惡運就那麼開始了。葉先生，你得救救我。」

「救你？」葉一山詫異。

「我丈夫那家人聯合起來，要迫害我。」楊翠翠說。

「不會那麼嚴重吧。」葉一山說。

「是真的。」楊翠翠一口氣地：「我丈夫的三姐剛從大陸來，帶了一個智商很低的女兒，在人家眼裏好像很可憐似地，搬進我們的家住，起初還很客氣，但是後來每天晚上都和我丈夫談到三更半夜。」

「一家人敘敘舊，也沒甚麼嘛。」葉一山說。

「可是有一天晚上，我睡不着，聽到有人呻吟，爬起床，從門縫一看，哇，我看到他們三個人抱在一起，沒有穿衣服。」

「那是他親姐姐呀！」葉一山叫了起來。

「可不是？」楊翠翠說：「我丈夫背着我，但是我看到他姐姐用很怨毒的眼神向我望過來，我渾身起了雞皮疙瘩，趕忙像沙灘上這隻螃蟹，鑽進洞裏。」

「後來呢？」葉一山追問。

「後來我家的東西經常不見，我丈夫以為是我偷的。」翠翠繼續：「我也不吃家裏的東西，這些日我靠杯麵維生。在我家的那隻狗，晚上也拼命亂吠，隔壁的人打電話到警察局去投訴。還有那輛倒垃圾的車，半夜一定要停到我房間的樓下，碰碰砰砰地，我忍不住伸頭出去看，有個身穿半袖白襯衫的清潔工人用力敲打那些垃圾桶蓋；另外一個工人甚麼事都不做，每一次都盯着我，然後，然後他，他……」

「然後他做甚麼？」葉一山追問。

楊翠翠低下頭：「然後他伸進手到褲子裏撫摸自己下面那條東西！」

葉一山不知怎樣才好。

「葉先生，你救救我吧。」楊翠翠哀求：「我快要給他們逼瘋了。不止我瘋，我的狗也瘋了，甚麼狗走過我家，牠都要衝出去騎在牠們身上，不管是隻母的，還是隻公的，我看到那些狗的嘴上都有白沫……」

「媽，你又來了！」忽然間有一個聲音，葉一山聽楊翠翠的故事聽得出神，也不覺察身旁出現了另一個人，轉頭去看，是一位十六七歲的少女，樣子長得和楊翠翠一模一樣。

「這位是……」葉一山想確實一下。

「她就是我丈夫三姐的女兒！」楊翠翠大叫，頭也不回，一溜煙地快步走了。

「對不起。」少女說：「我不是媽說的那個人，我是她親生的。我叫楊小綠。」

「怎麼會鬧到這個地步？」葉一山問。

楊小綠說：「媽患上了妄想症，一直以為周圍的人要迫害她。爸爸也給她弄得一點辦法都沒有。」

「那她所說的那個三姐呢？」

「是我們家新請來的傭人。」楊小綠回答。

「你媽媽是甚麼時候開始患病的？」

「我也不清楚。」楊小綠說：「一天天累積下來的吧，心理醫生都看過了，沒用，我自己也快給她弄得神經錯亂，好在我信佛。有一個晚上我夢到菩薩，菩薩說要化身在我的軀殼裏。」

「你是菩薩的化身？」葉一山瞪大了眼睛。

「是的。」楊小綠說：「不過目前我們做菩薩的也難保了，我發現周圍的人都是回教徒，他們的勢力越來越大，我們遲早要給他們消滅。葉先生，您說這怎麼辦才好，有時我真想變成地下這隻螃蟹，躲進洞裏就沒事了。」

「不要緊，我來救你們。」葉一山說。

「真的？」楊小綠有了希望。

葉一山滔滔不絕地：「等到二〇〇〇年，火箭就會降落地球，那時候，你們就可以離開這煩惱的地球，可以從洞裏爬出來，再也不怕被人類迫害。其實，我們都是外星人的子孫……」

三、旅行團人物誌

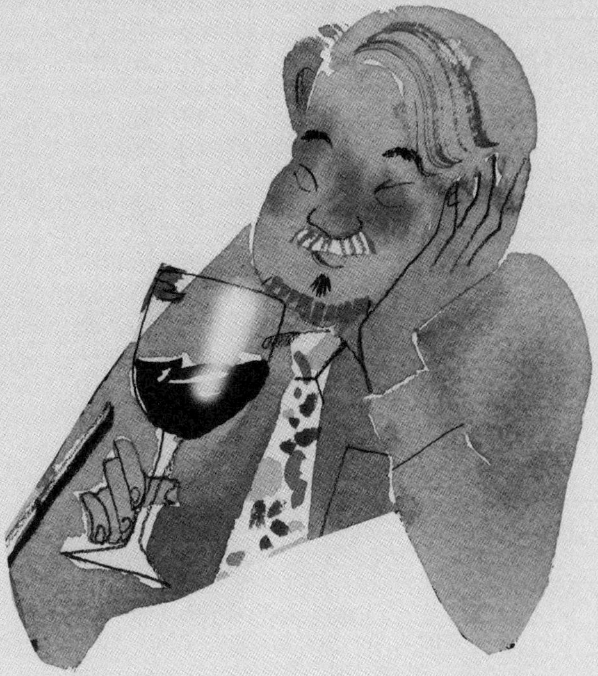

媽媽生的鸚鵡

到南洋的一個小鎮作客。

朋友的慫恿之下，去酒店對面的一個小酒吧喝酒。這裏的酒吧和西洋酒吧的印象完全不同，是所很幽暗的地方，有鄉下酒女作陪。叫了一瓶白蘭地，當地人稱之為「色酒」，其實與性無關，有顏色的烈酒之稱罷了。

媽媽生徐娘半老，年輕時應該有幾分姿色，一屁股坐下，問道：「要不要找幾個女的來唱卡拉OK？」

不能不給生意做，我說：「女的照來，聊天好了，不准唱歌，我最討厭卡拉OK。」

女子未來之前，客人總抱幻想，也許會來一個出於污泥而不染的吧？但一來到，永遠不會有奇蹟出現。

「從前來過這個鎮嗎？」媽媽生問。

「那是幾十年前的事了。」我說：「這一帶還沒有改建成大廈，我記得有一家叫蘇記的寵物店。」

「呀……」媽媽生喊了出來：「你的記性真好，是有一間寵物店，叫蘇記。」

「對面還有間叫德記的長生店。」我說。

「一點也不錯。」媽媽生說：「從前這裏是個紅燈區，很多做生意的女人都跑去蘇記，到初一十五一定買麻雀來放生，求個平安。你看那隻鸚鵡，也是從蘇記買來的。」

櫃台上那隻五顏六色的鳥，巨大得很，從來沒有見過那麼大的。看樣子，又經老闆娘那麼一提，好像看得出是隻很老很老的鸚鵡。

「說起這隻東西，也有一個很長的故事。」媽媽生笑着：「你有沒有耐性聽聽？」

最喜歡聽這種故事：「快點說呀！」

「蘇記老闆是個長着酒糟鼻的老頭，貓呀狗呀，甚麼都賣，還有由泰國進口的打架魚。但是最愛這隻鸚鵡，怎麼都不肯讓出來，每天教牠講話。鸚鵡很聰明，一學就會。」

「你怎麼知道得那麼詳細？」我問。

「我當年也是在這裏做的。」媽媽生回答：「我也常去買麻雀。」

我喜歡她的坦白。

「有一天，一個相熟的老客人陪我去吃飯，吃完後走到蘇記，我吵着進去買東西，一看到這隻鸚鵡，牠就大叫：『小姐，漂亮，小姐。』」媽媽生說：「我一聽到樂死了，我請求客人買來送我。」

「當年要多少錢？」

「老蘇說怎麼也不賣，我的客以為老蘇看不起他，說甚麼也要把鸚鵡買下來，結果老蘇獅子開大口，要他五百塊錢，問他買不買？」

我心算一下，照當今的錢，也要上萬港幣。

「我那個豪客氣了起來，罵老蘇，你不如去搶，老蘇說買不起就別問價錢，結果我的客說五百就五百，有甚麼了不起？掏出錢包。」

「結果買成了？」

媽媽生說：「就在這個時候，那隻鸚鵡又忽然叫了出來：『棺材，要不要？』」

「棺材？」

「是呀。」媽媽生說：「原來是對面那家長生店的老闆乘老蘇不在的時候跑來教牠的。」

「那不把老蘇氣死嗎？」

「老蘇倒不在乎，那時候的人，頭腦都很簡單！」媽媽生說：「不過生意是做不成了，老蘇還是很開心地，經常說：『賣不完，自己玩。』」

「後來呢？」

「老蘇一向有心臟病，一天爆發了，在店裏死掉。」媽媽生說：「他沒有老婆兒子，又欠了一身債，政府把店封了，東西拿出來拍賣。長生店老闆第一個跑去，用二十塊把那隻鸚鵡買了，我去到的時候，已經太遲了。」

「那這隻鸚鵡為甚麼會放在妳這裏？」

「你聽我說下去，」媽媽生說：「長生店老闆每天教鸚鵡説話，但是牠拒絕學，只會一直講賣不完，自己玩，結果果然靈驗，棺材店老闆也跟着心臟病一命嗚呼，埋葬時用的是賣不完的棺材。」

哈哈哈！我笑了出來。

「政府要把地收回來，長生店也欠了租，但總不能把棺材拿來拍賣呀。他的兒子也是我的顧客，我向他說免費和他做，不過要把鸚鵡送給我。」

「你還教牠說話嗎？」

「按照人的歲數，這隻鸚鵡已經快一百了，教牠也沒用。」媽媽生說：「有時還沒有開店，我會打開門給牠透一點新鮮空氣，牠一看到有人出殯，就會大叫還有棺材，要不要？」

付賬，媽媽生陪我走過櫃台，用手指拍拍鸚鵡的頭，牠又開口：「賣不完，自己玩。」

媽媽生握拳，作要打鸚鵡狀：「還有大把男人要我，用不着自己玩！」

桑妮亞的貓

九七回歸的時候，各國新聞記者麕集，從捷克布拉格來了一位很年輕美麗的桑妮亞。

這些從前是共產國家的地方，經濟搞得不好，各行各業的預算有限，桑妮亞單身來到，拿出背囊中的睡袋，甚麼角落都可以過夜。

桑妮亞是為捷克電視台做報導的，總得找個攝影師，器材由他負責，她只拿錄像帶回國。

在這段期間，她邂逅了打散工的溝口。此君來港後，愛上香港，住了下去。因為多才多藝，攝影也一下子學會了。

兩人拼命工作，也拼命喝酒。桑妮亞的酒量和溝口一樣好，他們之間一夜乾完三瓶伏特加，是平常的事，而且兩人又不喜歡吃東西，說空肚子喝最過癮。

一個晚上，當桑妮亞疲倦了，正要昏昏入睡時，看見街口走來一隻小野貓，不管桑妮亞喜不喜歡，就鑽進她的睡袋。

桑妮亞忽然感到孤獨，她感到自己和這隻貓又有甚麼分別？人生意義的追求，難道需要經過那麼多的苦難？她把貓抱得緊緊地，一起睡了一大覺。

第二天醒來，又是充滿陽光的一天，昨夜的悲哀一掃而清，桑妮亞繼續工作。從此，隨身行李中多了一隻貓。

在香港一住就住了好幾個月，一般來說記者都是先頭抵達，報導到過渡完畢才回國去的。

和桑妮亞在半島一起喝下午茶，拍完錄影帶後必須到一家製作公司去剪接，而這家公司的老闆娘是我的老朋友，老闆娘告訴我溝口已經和桑妮亞同居了。

「大概是因為她沒有辦法付足我的薪水，用身體報答吧。」兩個女人在吱吱喳喳時，溝口很坦白地向我說。

「那麼漂亮的女人，值得呀。」我說。

「不過第一次和她睡覺時，嚇我一跳。」溝口回憶起來，笑了。

我發現自己和女人一樣八卦：「怎麼一回兒事？」

「她全身都是紅顏色的斑點。」

「皮膚有病？」

溝口搖頭：「不，是蝨子咬的。」

「蝨子？」

溝口說：「桑妮亞養的那頭貓，樣子可愛到極點，但是全身貓蝨。」

「洗乾淨不就行嗎？」我說。

「我起初也是那麼想。」溝口說：「每天替貓洗澡，還是不行，後來弄得房子都是貓蝨。」

「你還說呢？」老闆娘在旁邊聽到了，插嘴向我說：「這個人不但家裏有貓蝨，把牠們也帶到我那裏來，現在整間製作公司都充滿了，叫人殺幾次，都殺不完。」

「你自己沒事吧？」我問溝口。

「沒事，蝨子不咬我。」

「他沒事，把我害慘了。」老闆娘打開袖子，手臂上無數紅斑：「貓蝨會選人咬的，我們女人的皮膚大概比較薄，咬起來容易一點。」

「可憐的老闆娘，我真的連累了她。」桑妮亞也加入話題：「不過蝨子不咬男人的話不能相信，她那間製作公司是租來的，屋主聽到管理員說都是貓蝨，親自來看，也給蝨子咬了一身。現在還在逼她搬走。」

「那隻貓到底是怎麼一個樣子的？」我給他們講得好奇得不得了。

「拿給你看。」桑妮亞說完從背囊中把一頭小貓抱了出來。貓也真乖，在裏面一聲不響。

「你已經和他住在一起了。」我指着溝口：「可以把貓放在家裏呀。」

「誰知道他會不會忽然間和我吵起來，把我也趕出去呢？」桑妮亞一面撫摸着貓，拼命親牠：「你說是不是？」

那隻貓的毛被摸得太順，不舒服起來，全身顫抖搖動。好像聽到嘁嘁啪啪的聲音。一看，哇，不得了，杯中咖啡的表面佈滿白點，絕對不是頭皮，忽然跳了起來，濺得我的恤衫都是黑斑。

回歸快一年了，今天又遇到老闆娘。

「貓呢？」我問。

「桑妮亞走了，帶不回去，留下給溝口養。」

「跳蝨呢？」

「溝口有個妹妹在東京開寵物酒店，專門打理貓狗，溝口特地買了張來回機票，讓她來香港替貓洗澡。現在那隻貓乾淨得不能再乾淨，他家和我製作公司的蝨子也奇怪地失蹤。」老闆娘回答。

「屋主有沒有來逼遷？」

「他發了幾張告票，後來再也沒有寫信來。聽說他當經理的財務公司倒閉，現在政府到處找他。不過我每個月還是按時按候把租金存進他的銀行戶口。」

「桑妮亞呢？」

「她到蘇俄去做採訪，報導當地的公安，每晚和那群ＫＧＢ一齊喝伏特加。」

「溝口呢？」

「還是賴在香港不肯回日本。有時，他會向我說，很懷念那些蝨子。」

擊夕的狗

畫家丁雄泉先生的兒子英文名字叫Jesse，是猶太籍太太取的。到底父親是中國人，兒子總得有一個中文名字呀。丁雄泉先生思想奔放，為兒子取了發音近似的「擊夕」。

丁擊夕個性善良，聰明透頂，讀很多書，母親的逝世令他消沉了一段歲月，寂寞難耐。跟着父親到處旅行，他們來到了泰國的蘇梅島度假。一大早，擊夕孤獨地望着那空溜溜的游泳池時，忽然，他聽到了咏咏的叫聲。

轉頭一看，是一隻醜陋得不得了的狗，身上充滿傷痕，種類已是混得不清不楚，但飢餓是絕對的。

擊夕心一軟，拿了昨晚宵夜吃不完的一塊麵包扔給牠，那狗一口吞下。再將剩着的番茄、西生菜都丟在地上，狗也吃得一乾二淨。

從此，這條狗就跟定了擊夕。可能是牠一生中，從來沒有另一個動物餵過牠的緣故。整個蘇梅島都是椰樹和叢林，擊夕決定去散散步，走到哪裏，狗跟到哪裏，擊夕也不在意。

狗口渴了，舔樹幹上的露水。一面走一面狂嗅地上的東西，用腳扒開一塊石頭，底下是一群螞蟻，那狗像食蟻獸一樣伸出舌頭，把螞蟻吃光。

擊夕發現牠是一隻求生能力極強的動物，對塵世的依戀，令擊夕反省。

回到五星級的酒店，和父親一起吃早餐。狗跟着，但不靠近擊夕，在老遠的草地上，搖搖尾巴。

擊夕一面吃東西一面望着狗。這件事，第二天又重複了一次。擊夕對這條狗的興趣越來越濃。

一下子不留意，狗失蹤了。擊夕到處尋找。也許，牠已經回到森林中的老巢去吧。

「請問你在找些甚麼？」酒店服務員親切地詢問。

「你！你有沒有看見一隻狗？」擊夕急着。

「哦，這種野狗島上多的是，我們一看到就十幾人用一張大網把牠們圍住，剛才好像又抓了一隻。」

「那隻狗現在在甚麼地方？」擊夕更急了。

「通常捉到警察局去人道毀滅。」

啊！牠雖然是野狗，但也自由自在地生活在森林中，要不是為了我餵牠東西吃，也不會跟着我，更不會被人抓去打死的，一切都是我的錯，擊夕那麼想。

衝出酒店大堂，擊夕僱了車子趕到當地警察局去。

達達達達，一陣 M-16 自動來福槍聲，擊夕到達時看到滿地鮮血，躺了數條野狗，但是，找不到跟他那隻。

氣餒地回到酒店，呆呆地望着空溜溜的游泳池，那隻狗又出現在擊夕的身邊，擊夕高興地一把將牠抱住，後來酒店的人才告訴他這隻狗在運到警察局半路逃掉的。

「我可以帶牠回家嗎？」擊夕用哀求的眼光看着丁雄泉先生。丁先生看到兒子和狗的神態都一樣，微笑點頭。

這一下子可忙得擊夕團團亂轉了。他們住在阿姆斯特丹，先要為狗買張去荷蘭的機票，約四百美金。再抱狗到獸醫處去，說明來因。當地獸醫也很同情這個案件，把打免疫針的日期提前，寫了證明書給擊夕。海關方面花不少泰銖疏通。又依航空規定，訂製了一個指定尺寸的鐵籠，折回獸醫處，政府法律是必要將動物打強烈的鎮定劑，才能登機。

「你知道這一針打下去，牠可能不會醒來。」獸醫警告。

到這地步，已不能退回頭。擊夕的狗，好像為主人做了決定，被打針時，站穩了吭也不吭一聲。

麻煩還未了，從曼谷沒有直航的飛機到阿姆斯特丹，客人和行李都要在法蘭克福轉機。抵達時，HLM的服務人員發現貨艙一點動靜也沒有，也聽不到狗吠，向擊夕說：「行李艙沒有暖氣設施，在高空過冷，可能活不了。」

擊夕大哭大叫，親自衝進行李艙去看。

鐵籠的門已被撬開，原來擊夕的狗已經不知道在甚麼時候逃之夭夭。

幾經奔波才在機尾的餐食部找到牠，吃得飽飽地昏睡。

擊夕再也不肯讓牠乘飛機，丁先生只好包了架車子，直送兒子和狗由法蘭克福回老家。

若干年後，擊夕的狗已養得白白胖胖，需要減肥。

擊夕由丁先生市中心的畫室搬出去，在離開阿姆斯特丹半小時的鄉下買了一間屋子，周圍住的都是農夫和牧畜牛羊的人家。

籬笆和圍牆建了兩層很高的，要不這樣，擊夕的狗時常咬死鄰居的雞鴨，甚至一兩頭羊。

荷蘭的冬天很長，牠身上的毛已蓋着從前破裂的傷口，也令牠適應了嚴寒，但擊夕的狗還是不肯從水碟中喝，每天用舌頭舔牆壁上滲透出來的水。

偶爾，在夕陽中，牠望向東方，好像是在緬念泰國的蘇梅島的家鄉。

見此情景，擊夕心一酸，坐在狗的身邊。

擊夕的狗，轉過頭來，嗅嗅主人的頸項，似在安慰着他，別擔心，我不會離開你。

旅行團人物誌

旅行團一共八十人，加「星港旅遊」老闆徐勝鶴、副社長小笠原、經理湯姆士、兩個導遊和我六名，浩浩蕩蕩地抵達北海道札幌的千歲機場。

赤鱲角出發時有兩件事發生：第一，四個人欠席，我們已不能等，但還是派位同事堅守到最後一秒鐘，這四人真的是在那一秒趕到。第二，出現了一位中年婦人，拿了一大包叉燒和燒肉派給眾人吃，說是專程到東涌的一家出名燒臘店買的，要我也試一塊。她自己一邊說話一邊拼命地把食物塞在嘴中。

那麼愛吃東西的人應該很胖，這位大食姑婆身材保養得還好，面相依稀可見風騷，手指腕上珠光寶氣，很顯然的是一位闊太。

先在札幌一個很地道的小館吃晚飯加宵夜。魚生、海鮮燒賣等等，吃不完，大家喊浪費。旅行團真不好辦，我心裏想，預定不足給人家罵，太多了又受責備。

入住 Park Hotel，在餐廳時該酒店的經理已帶門匙前來交到團友手中，這家旅館服務甚佳，日本天皇住過，江澤民下次來北海道，已預約下榻。

可能是疲倦了，這一餐才沒聽到那大食姑婆喊說不夠東西吃。而且，她在飛機上從來沒停過嘴。

翌日的日式早餐是一份份的，菜餚不少，飯粥任添，我們的活寶要了兩份。

吃完去小樽，先參觀一威士忌廠，巴士停下，她一溜煙衝進小賣部，不隨團體。看完出發，不見大食姑婆，等了十多分鐘，看到她大包小包地雙手提着，氣呼呼地趕來，後面還跟着小賣部的經理幫她捧四大箱東西呢。

下車位置和出發地點不同，一個前門一個後門，怪不得她找不到巴士。從此，她沒有遲到或早退。

中午眾人吃海膽撈飯，大食姑婆三兩口扒完，衝到壽司櫃台再把各種海鮮塞進口裏。

小樽是拍電影《情書》的地方，非常幽美的小鎮，很多有品味的商店像玻璃廠、奇石店等，她卻躲在雪糕店中。

這位闊太霸了近出口的一個座位，回到酒店她像子彈般衝出，從 Bell Captain 那裏搶了一輛推大行李的車，把買的東西裝好，急步地趕進電梯消失。再下去那幾晚都一樣，只是買的食物越來越多。

晚餐吃鐵板牛肉御燒，因為是任食唔嬲，她沒叫其他東西添補，但餐廳絕對虧本。

第三天中午在露天溫泉的餐廳吃咖喱飯：燒肉丸、掛爐雞，幾種不同的咖喱和印度大餅。別人吃，我們這位寶貝則拿着那塊大餅遮着嘴臉，因為她已到別處買了一大碗麵充飢，有人要拍她吃相的緣故。

晚餐在另一家溫泉酒店，大夥兒坐在榻榻米上吃，友人朱家欣和太太陳依齡同團，他們去日本次數很多，依齡說這是她在溫泉酒店吃到的最豐富和最好吃的一餐，方太母女也贊同，但是大食姑婆還拼命從自己的大袋中拿出各種食物填肚。

江希文看見也笑了，說不知道有一位人類能那麼吃法的。小妮子受週刊邀請來拍一輯照片，團友起初以為她有明星架子，後來發現她人很隨和，紛紛要求和她合照，江希文笑嘻嘻地來者不拒。我有幸和她一起浸溫泉，她在一本雜誌中說過自己的腳最醜，我瞄了一眼，不難看嘛。

第四天中午吃羊肉，晚上是螃蟹宴，大家又說東西剩的太多。只有一位不出聲，拿了從百貨公司地庫買來的牛肉一片片放進鍋中煮來吃，你猜到是誰了。

「她那麼吃法，一定不開心。」有位團友說。

我不同意：「你又不是她的心理醫生，怎知道人家開不開心？」

另一個八婆說：「這一定是一種病態。」

聽了有點不高興，愛吃東西是種習慣罷了，怎能說人家生病？但也不去反駁她，她喜歡怎麼想就怎麼想，大家都有這種自由。大食姑婆愛吃，也應該有她的自由。

總無不散的筵席，最後一天約好清晨六點鐘到魚市場去買毛蟹帶回香港，我們的活寶已化好妝，精神飽滿地在大堂等出發。一到達，阿拉斯加蟹，一箱箱的蜜瓜和各式乾貨，囤積了又囤積，其他團友也被感染，拼命地買。

往機場的巴士進入高速道路閘口買路票時，發現過重，巴士小姐說做了那麼多年，從來沒有超載的現象。

「等一下 Check-in 有沒有問題？」一些團友擔心。

「有問題。」我嚇嚇她們。

其實這是國泰的最後一班航機，從此再不直飛札幌了，放鬆點。機場櫃枱經理我又很熟，已說好不算過重行李。

大食姑婆一共有十幾二十箱，千歲機場的購物中心很集中，商店林立，貨物豐富，她又趕去買鮮牛奶了。

機內，國泰贈送一張來回亞洲任何一處的機票，由我們團友抽中，大家都為她高興。

十二月初要多組一團到日本四國，團友半數人決定參加，已能成行。

八十位團友，個個都有一個故事，我這次帶團，收集了不少題材，等退休之後寫小說，但是像我們這位大食姑婆，寫出來也沒有人相信是真的，派不上用場。

李家小千金

我不是一個喜歡小孩子的人。

一哭二叫三上吊時，很想把他們由三樓的窗口扔下街。

舉辦的旅行團一向也不讓小孩子參加，講起三級笑話礙手礙腳地。還有他們那種無限的精力，把一件不十分有趣的事重複了一次又一次，永無休止，也令人厭煩。

這次的白色聖誕北海道團，給李家五口報名，全為了李先生的三個女兒，DO RE MI，八歲七歲和六歲。李先生由北京來港，四十出頭，非常辛勤，白手成家，有個國字臉。李先生笑起來可愛之極，三個女兒和父親長得一模一樣。每次見到，愛得要死，就答應和她們一齊去玩。反正多收一個少收一個都是這樣了，其他小孩也ＯＫ，加起來一共八名。在溫泉旅館吃飯時各個穿和服，我坐在榻榻米上，八個小鬼站着，用 Panorama 闊鏡頭橫拍一張照片做為留念，很有價值。

李家三女之中，最小的最有個性，完全獨立。兩位姐姐有時爬上床和父母睡，只有她不肯。

愛開玩笑也是李先生得人歡心的地方，他時常向三個女兒說：「爸爸老了，會不會把爸爸送進老人院？」

李先生說笑時一本正經，態度誠懇。

我問小女兒：「會不會真的把爸爸送進老人院呢？」

小女兒像大人一樣回答：「都說過不會了。還要一天要問三次，真煩。」

聽李先生說她小女的事：有一次考試，問題都會答，但她畫了幾隻烏龜交卷。「為甚麼？」父母聽到老師報告後擔心地問。

「不喜歡。」她說。

那一年的數學課她只得到平均分三十分，不過她以離家出走威脅父親說不可以告訴別人這件事。

聖誕節前夕，三千金都沒心吃聖誕大餐，望着窗外的一片白雪，等大人帶她們出去。

好歹吃完，一家五口衝到雪地，堆雪人，拋雪球，玩得不亦樂乎。

小女兒往沒有足印的遠處跑去時，忽然，一腳陷了下去，用力一拔，那隻鞋子埋在雪中，怎麼找也找不到。小女兒不想掃別人的興，繼續和爸媽及兩個姐姐玩了整個鐘，一聲也不吭。

最後，終於不支摔在雪上。李先生一看，怎麼一隻腳只剩下一隻襪子？即刻把它脱下來，腳已凍得又紅又腫。這下子可把老子心痛死了，拼命為小女兒按摩。

「那隻鞋子找不到怎麼辦？」她小聲地問。

「爸爸明年雪溶時再帶你來，一定找到。」李先生說完不管三七二十一緊緊地抱着她，小女兒把他推開。

平常，小女兒也不愛給爸爸抱的，我們出發那天，大家清晨五點起床，一早要登機，小女兒呼呼睡去，這時做爸爸的乘着這機會又抱又吻，搏晒老懵，死唔蝕底。

大女二女在學校考的都是滿分，非常之聰明。李太太比起個子高大的丈夫瘦小，很賢淑，本身是廣東人，為甚麼會嫁了一個北方佬，從來沒聽他們提起。

最後兩天李先生一家本來要離隊上雪山滑雪的。

「和大夥在一起吧。」我說：「滑雪何必滑兩天？」

李先生搖搖頭：「我答應過她們的。」

我們這一團我從來不安排甚麼運動節目，向李先生說：「不如乘我們下午去購物時，你帶她們上雪山，玩個幾小時，晚上才回來和我們一齊吃飯。」

李先生點頭，說看情形，如見女兒們疲倦就回來，臨行時還有點擔心：「不知道會不會摔傷腳？」

「讓她們三人坐在雪筏好了。」我說：「玩一會兒她們一定疲倦。」

「誰來拉？」他問。

「你呀。」我說。

當然是他了，難道要瘦小的李太太拉不成？

到了晚上，終於看到他們一家歸隊。三千金一點倦意也沒有，倒是把李先生累得像一個孫子。

「這種事，以後絕對不幹。」李先生說。

第二天他們還去滑雪。

好彩這次有星港公司老闆的女兒燕華同行，由李太太和她以及一位《明報》的女記者，一人看管一個女兒，李先生才沒那麼吃力。

為了報答兩位大姐姐的照顧，小女兒說笑話給她們聽：「頭髮洗了是怎麼一個樣子？」

「濕了。」姐姐們回答。

「醬油吃多了呢？」她又問。

「鹹。」

小女兒自己不笑，學父親一本正經，態度誠懇：「那就是鹹濕囉！」

大家聽了都笑得從椅子上掉落地。

登機前到菜市場購物，李先生買了十箱吃的東西，有點不好意思。

「一家五口，平均才一人兩箱，不算過份。上一團的大食姑婆一買就買了十八箱。」我說。

李先生又點點頭，歸途，小女兒帶着笑容昏昏睡去。李先生再次又抱又吻，搏晒老懵，死唔蝕底。

大孩子添木鐵

第一個旅行團出發時，眾人集合處，看到一對男女，男的推着行李車，帶着的是位略胖的女人。兩人各有背囊一個，不帶皮箱。

男人把頭剃得像個頭髮剛長出來的和尚，三十多歲的樣子。十月天，穿着條短褲。圓圓的臉，一身肥肉，笑起來很可愛，更像一個小孩。

這次出發又見他們，已是第二次參加。怎麼有空？記得上回他說過是幹保險的，能有那麼多悠閒時間嗎？

「你一定是做得很高層，有幾十個手下，自己不用做，只是抽佣。」我不客氣地說。

叫添木鐵的男人回答：「不，只有我和我老婆。」

身旁的太太拼命點頭。

「原來你也幹同行？」我問她。

太太回答：「客人不同。」

「層壓式的推銷方法，一定是由保險業發展出來的。」我說。

這種金字塔型的買賣術，上層賺錢，最低層手上只剩下一大堆貨，害死不少人。

添木鐵說：「對。不過我親力親為，沒有手下。」

還好，要不然雖是團友，也不值得尊敬。

到了日本，他們和上一次一樣，買很多東西吃，買很多東西玩。手上已有一個精巧的傻瓜機，一下子又從袋子中拉出一個電子錄像機。到了溫泉，拿出來的是潛水機，最新款的富士牌即影即有，也擁有。

「這個相機才賣一萬日幣，已斷了貨，你怎麼買到的？」我好奇地問。

添木鐵看我識貨，得意洋洋地：「是炒回來的，花了三萬。」

「等下一批貨出時再買不行嗎？」我問。

「電子東西，不玩就舊了，等不了。」他說：「一等，就買不下手，永遠等新的。」

說得也是，我就是這種人。

這種相機用的是半張明信片大小的特別相紙，十間攝影鋪，只有三間買得到，添木鐵和他太太在別人購物時，便往照相機店鑽。

吃飯時團友高興，要我和他們一齊拍照，抓着添木鐵，指着他的即影即有相機：「我的菲林用完了，你幫我拍一張。」

添木鐵乖乖地為眾人一張拍完又一張，等到他太太想和我合照時，相紙已用完。

照樣笑嘻嘻地，添木織說：「他們肯說出一個理由來要一張，已經夠誠懇。相紙用完再買過，錢罷了，沒有甚麼了不起的。」

「你要賺多少才夠用？」我關心地問：「看你們那麼花法，再多也給你花去。」

「我賺錢時不知道怎麼叫夠。」他說：「所以花的時候也不會停止。」

似是而非的道理，並非每一個人聽得懂。

「所以我們拼命賺，也拼命花。」他笑道：「不過有一個條件。」

「甚麼條件？」

「就是不生小孩。」添木鐵說。

「我也有同感。」我感嘆：「如果不夠時間照顧他們，還是別生的好。」

「一生人就變了。」他說：「做甚麼都要想到留些錢給他們，自己就不能玩了。」

「有些人罵我們自私。」我說。

「唔。」他點頭：「罵就讓他們罵吧。我的朋友自己剛生的時候也罵過我，過了幾年，他們反過來向我說：我多麼地羨慕你！」

當晚我們吃神戶牛肉，我安排時怕有人大吃，已添多一半，再加了一碗牛肉湯。添木鐵認為不夠，一開始就多叫一客，自己掏腰包付錢。

「我已經加多一百克，一共三百，足足有十安士，不會不夠吧？」我說。

「我告訴過你，我不知道甚麼叫夠的。」他說：「食物也是一樣。」

結果兩夫婦拼命填，再也塞不下去，飽得不能動彈，把剩下的打包，回酒店再努力。

「跟你五天，胖了五磅。」他開玩笑地抱怨：「如何是好？」

「喝暴暴茶呀，能消滯的。」我乘機宣傳。

「我已經試過。」添木鐵說：「但是越喝越餓，越餓越吃，沒有用。」

最後一晚，我們往溫泉旅館，大家在吃晚飯之前先到露天風呂去泡。添木鐵也脫得光光地跑進來。

眾人驚奇地埋頭細語。

「你們在說甚麼？」添木鐵好像知道我們的談話內容：「那麼大的塊子，燒起來足夠幾十個人吃！」添木鐵被我們看得全身發毛，逃之夭夭。

陳八十

我看到名單上有位八十歲的團友時，皺了眉頭：「到時怎麼照顧？」

陳八十先生在機場出現時，人雖略矮，但精神奕奕，一身筆挺的西裝，看起來不過足六十歲。比他小幾歲的太太又高又瘦，年輕時像是做過模特兒似地，貴婦風範。

這才放了一百個心，以陳先生的健康狀態，可以照顧我。

「去日本每人可以帶三瓶酒，我們一共有六瓶藍樽尊尼獲加，到時請你喝。威士忌之中，藍樽最好喝了。」陳先生笑着說。

很顯然是識貨之人，但八十了，還喝嗎？

「出門玩，喝點酒，才玩得高興。」吃神戶牛扒大餐時陳先生說：「我一向是參加洋人的旅行團，他們都喝酒，喝了開放，話就多多。我們東方人不喝酒，太嚴肅。你看坐在我們前面那四個單身女人，一句話也不說。那有多悶！真是可憐。」

雖然說得有道理，但是有些人先天是不接受酒精的，也不能怪他們不喝的呀！陳八十先生好像知道我在想甚麼，「可以精神上喝，喝可樂也會醉的，我們被生下來，那條命是改不了的。但是我們可以在後天補償，只要把想法一修改，人就快樂得多！何必那麼嚴肅呢？」

整天笑嘻嘻的陳先生，甚受各位團友歡迎。

「你們對我好，是因為我老，同情我罷了……」他說。

「不不。」一對年輕夫婦拼命否認：「我們真的喜歡你。」

陳八十先生向那位丈夫說；「你小心，一轉頭我就會把你的老婆偷掉。要是我年輕幾歲的話。」

「陳先生是幹哪一行的？」有位太太問，其實我也想知道。

「從前是做製衣的，到了五十歲，才開始賣眼鏡。」他說：「五十歲創業，也來得及。」

「其他人也賣眼鏡，為甚麼做不成？」團友中有個包頂頸，任何事都由反面來看。

「不夠大方，就做不成囉。」陳八十先生解釋：「我一開始做，就把一大批送給窮苦的學生。還有，當年還不流行隱形眼鏡，東方女人認為戴起來很不舒服，尤其是經期來的那幾天，眼球乾了，更加難過。我認為這是習慣問題，就讓她們試六個月，六個月後還不舒服，可以拿回來退錢。起初虧大本，後來就開始賺錢。」

「現在還做嗎？」

陳八十先生搖搖頭，「把公司賣給了一個英資集團，不做了。」

「退休後整天遊山玩水？」

「不。」他說：「男人總要找一點事做的，我現在當上海的大機構顧問，要開一個大餐廳，集中一百家小食檔，把香港的飲食文化帶上去。」

「你和陳太太結婚多少年了？」

「五十多。」他說。

「怎能維持那麼久？有甚麼秘訣？教教我們。」那對年輕夫婦很想知道。

「保持幽默感。」他說：「沒有其他方法。」

對方聽得似懂非懂地走開。

「我很同意。」我私底下向陳先生說。

「我們男人和女的拍拖，兩人在年齡和思想上差不多。結婚之後，男人在事業上發展，認識的人多了，拼命學習和吸收，知識上進步，人變得更好，就吸引其他女人，有情婦是必然的事。」陳先生說：「另一方面，女人也在進步，她們的生活圈中有很多其他的太太，教她們化妝，教她們買名牌，教她們怎麼去管丈夫，教她們怎麼去查先生的財產。變成很貪心。天下最貪心的女人莫過於我這個蘇州婆，這個人就是一個典型的例子。」

陳八十先生指着他太太。這番對白陳太不知聽了多少次，見怪不怪，當陳八十是個頑童，用充滿愛意的眼光看着他。

「東方女人多不快樂。」陳先生興奮起來說個不停：「很早就沒有性生活。生了兒女後四十歲就不喜歡做那回事。這是事實，為了禮教道德，大家都不討論這個問題。要是她們多做運動，可能好一點。不做運動的，最好是喝酒了，可惜她們都不喝酒。」

陳太太聽了，睬他都傻。那四個單身女人有感，靜默不語。

「你有多少個孩子？」陳先生問。

我搖頭。

陳先生說：「沒有也好。有了，上了年紀，他們都走了，還不是一樣？其實我們有很多子女的。你看來服務我們的侍者，不就是兒子嗎？司機也是個兒子，菲傭是女兒，情婦也可以做女兒呀。」

「還有醫生和會計師，也是兒子？」我問。

「唔。」陳八十先生笑了：「不過這兩個，最好敬而遠之。」

紅毛丹先生

有三位可愛女兒的小李先生，現在是一家大珠寶行的老闆。

當初隻手空拳地由北京來港，苦幹一番，賺學費去日本留學，回來後還當了多年的導遊，而帶小李出身的，是一位香港旅遊界的傳奇性人物。

本名長得很，已沒人記得。回憶中，這位長者皮膚很黑，但又不是美國黑人那種黑法，不像印度人，也不是馬來西亞人，總之比一般人黑。頭髮卻不黑，長滿鬈曲的灰髮。

當年小李和他一起租了一個小單位來住，這位老先生一出門就是幾天，或數月不回來。一天，小李打開門，嚇得一跳。房間坐着的黑人，染了一頭紅髮，像一顆熟透了的紅毛丹，我們就叫他為紅毛丹先生好了。

紅毛丹先生的本領可真大，興趣只愛看書，甚麼地方的語言他都熟練，尤其精通日語。日本客來香港，別人一做三十人，在紅毛丹先生手下，變為六十人。

「為甚麼會變六十人？」我不懂問小李。

在旁邊的旅行社老闆徐勝鶴兄爭着解釋：「比方人家帶了一團三十人的客，紅毛丹也帶三十人，不過紅毛丹的三十人給他帶來帶去帶得過癮。叫他多做一個晚上，不就變成六十人嗎？」

小李又說：「他帶日本客上小公寓，公寓裏只有五隻雞，紅毛丹先生把她們形容得貌如天仙，身材像瑪麗蓮夢露，床上功夫更是印尼後宮教出來的。只懂得傳教士一式的日本仔，幽暗之中，讓妓女們出幾道新招，已搞得他們服服貼貼，第二晚要求再次光臨。」

「不過，」徐勝鶴兄說：「紅毛丹在旅行社中受到的投訴也是最多的一個，他毫不客氣地得罪日本人。」

「怎麼得罪法？」我問。

「日本客多數很聽話，但是其中也有一兩個腌腌尖尖的，嫌東嫌西。」小李說：「紅毛丹先生一聽有火，即刻說：『大爺，您老開口閉口語氣像一個暴發戶。回到老家，還不是要拿着鋤頭耕田？』」

徐兄和我都笑得從椅子上跌地。

「紅毛丹先生也很喜歡講笑話。」小李繼續說：「不過他說完時一本正經，自己從來不笑。有時也掉掉書包，大談日本文學。當年近如石原慎太郎的太陽族，遠如太宰治的斜陽派，還有伊藤春天的詩詞，谷崎潤一郎的色情文學，都背得滾瓜爛熟，日本仔又恨又佩服。」

「紅毛丹做事最勤力，好像不必睡覺似地。」徐勝鶴兄又想起往事：「他幫我打過工，一團接過一團，意大利人，南斯拉夫人，凡是最難找到的翻譯兼導遊，都要叫他來解決。錢賺得最多。」

「而且從來沒有看到他買過香煙，客人抽他就伸手要。」小李說：「有一次，我回北京探親，他叫我等一等，從他隨身的大袋中掏出一大紮原子筆來，至少有一百枝，要我拿去當禮物。」

「他從哪裏找那麼多原子筆？」我問。

小李笑了：「凡是用到筆的，他就向人借，寫完往自己的口袋一插，人家要回，他就送還，人家忘記，他就照收，他告訴我，這是他做人的原則。」

「他有沒有老婆和家人？」我問。

「從來沒見過，也沒聽他提起。」小李說。

「那麼存那麼多錢幹甚麼？」我又問。

「培養孤兒呀。」小李說：「凡是遇到肯讀書的他都出學費，供住宿，有些還送到英國留學。但是，對方一逃學，給紅毛丹先生抓到，一定打個半死。他說他不懂其他辦法教人，因為自己也是這樣被教出來的。」

「吃呢？」我問：「他對吃東西感不感興趣？」

小李回答：「說到吃，紅毛丹先生可真怪，我只看過他吃一種東西，那就是肉店裏買了一大塊生牛扒，拼命撒黑胡椒，撒得整塊東西黑漆漆地，和他皮膚一樣，煮也不煮，燒也不燒，就那麼用牙齒撕開來吃，他說這種吃法最有營養，一塊牛扒可以頂上幾天。說這些話時嘴邊還滴着牛扒的鮮血。」

聽了絕倒，我說我要把這個人物記錄下來。

小李說：「快點寫，不然這個人物就那麼消失了。給那些受過他恩惠的孤兒聽聽也好。」

「最後聽到紅毛丹的消息是甚麼？」我問。

「他從來不相信銀行，把錢藏在自己腰帶的暗格中。每張一百塊美金，加起來是一大疊，還有他永遠穿着一雙皮靴，不管寒冷的冬天或是熱得要死的夏天，還是那對靴。靴中也塞滿了美金。最後聽到他的消息，是在西印度群島上買了一間小旅館，度過晚年。」

小李認識紅毛丹先生時已五十出頭，這番話是二三十年前的事，紅毛丹先生當今也應作古。孤兒們聽到了也應一面歡笑，一面滴下眼淚來。

鰻魚人

在日本的大城市或小鎮中，一定存在些開了數十年的食肆，一成不變地維持水準，一代傳一代地生意照做。直到年輕人再也不肯學習，匠人老死，方消失。

具代表性的是鰻魚屋。多數不用漢字，以平假名寫成一尾鰻魚的形狀。

香港已有很多人越來越懂得欣賞鰻魚飯了，尤其是不能吃魚生的人，更愛此味。

最初，我對鰻魚的興趣不大。邵逸夫爵士夫人六嬸來東京，最喜歡吃「竹葉亭」的鰻魚飯，常由我陪同。我對那層甜膩膩的醬油有所抗拒。中國人的菜很少下糖，不能吃甜的，要在日本生活了一陣子才慢慢接受。我又嫌鰻魚有細骨，常像會刺穿喉嚨，後來才知道鰻魚的細骨容易溶化，吞下去也不要緊。

讓我上癮是在日本工作時，辦公室的附近有一家古老的鰻魚屋，二樓有榻榻米房，可以舒服地進食。當年，吃午餐時總要等位，能坐下，後面已有數人站着，三兩下扒光吃完走人，是日常的習慣。

發薪水那天，我們辦公室一共也只有四個人，就到這家鰻魚屋去慶祝一下。沒有餐單可點，每人一客。先來一小串烤鰻魚肝腸，來瓶啤酒喝喝。日本人吃東西前一定先喝啤酒，喝時還有很多藉口，夏天說：啊，熱死了，喝一口，冬天說：啊，乾死了，喝一口。總之非喝一口啤酒不行。

再下來就是一個木盒，打開蓋，裏面便是兩片很厚的燒鰻魚，下面的飯淋上甜汁。加上一碗湯，湯中有一條鰻魚的腸，吃後覺得甚甘美，最後有一大塊蜜瓜當甜品。

引我們到這家人去吃的主要原因，是每天上班時經過，必見一位三十多歲的人在店口燒鰻魚。此君面相有點畸形，頭尖身粗，像尾鰻魚。眼睛極大，拼命地用把葵扇搧熱炭火，濃煙噴出，進入眼睛，眼淚流個不停。

「別把臉靠得那麼近嘛？」有一天忍不住向他說。

「不靠近看不仔細。」他沒歇下工作回答：「燒鰻魚，一定要給心機。剛剛熟最好吃。」

在日本住久了，當然嘗試過其他人家的鰻魚，做一比較，還是要去他家吃。

原來這種叫蒲燒的藝術非常深奧，先選最佳的鰻魚，剷開、煮半熟，再拿來炭上烤。烤時加甜汁，由大量的骨頭和昆布等熬成，並非只下糖那麼簡單。

「真正的日本鰻魚已瀕臨絕種了，現在把日本魚苗拿去台灣養大，再運回來到日本湖泊中養殖，肉粗了許多。」最後一次見到他時他那麼告訴我：「鰻魚絕種時，也是我死的時候。」

是的，鰻魚吃得多，便能比較出牠的滋味。

第一，一定要肥要厚，脂肪混入肉中，細嚼後那股甘美是難於用文字形容。第二，皮要更肥，油質更多，才是最上等的。我們中國人吃紅燒鰻，頭那截最貴，也是因為都是皮的關係，身體那截，皮只有一圈。鰻魚皮是鰻魚的精髓，燒得過熟太硬，生則發腥，最難控制。第三，米需選最精最肥大的新潟米，才能炊出一粒粒圓圓胖胖，樣子像珍珠的飯來，給鰻魚汁包着，還能發亮，才是最高境界。第四，是吃鰻魚腸和肝，用枝竹籤串起，燒得半生不熟最香，給膽污染到的苦味，變為甘味。

燒法分蒲燒和白燒，前者加甜醬，後者蒸熟後烤，下點鹽好了，其他不用。吃時撒上一點山椒。這也極有研究，好的山椒能把鰻魚的滋味一帶就帶出來。

次等貨，吃起來像肥皂粉，將鰻魚味完全破壞，肉不甜，又粗，甚麼滋味都沒。得個甜字的養殖鰻魚，用甚麼山椒粉都分別不大了。

日本人每到夏天就要吃鰻魚，他們迷信鰻魚能給人體無限的精力，開始吃的那天叫「土用之日」或叫「丑之日」，全國大舉宣傳。其實，鰻魚一年四季都有得吃的，問題是在夏天捕捉方便，不像在冬天寒冷，鰻魚養在池中養瘦罷了。

「我小的時候抓鰻魚。」鰻魚人一面擦眼淚一面說：「用個筲箕在田畔邊一放便能抓到，湖裏的水乾的時候，就用鋤頭去掘爛泥，裏面一抓就幾十尾。」

他這麼一說，我也想起童年在溪澗抓過，滑溜溜地，眼見那麼多尾，到最後只能抓到一兩條。

「那是多麼美好的時候！」我說：「現在都搭成高樓大廈。」

唔，他點頭同意。

為生活奔波，離開了東京。去日本一想到鰻魚，從成田機場直奔八重州舊辦公室的鰻魚屋去，已找不到那家人。

「死了。」隔鄰有家古法按摩的女工告訴我：「不做了。」

「他沒兒子承繼嗎？」我問。

「那個樣子，誰肯嫁他？」女工回答。

說得也是，被煙熏得紅腫的大眼睛，是很嚇人的。

從此我沒有吃過更好的鰻魚飯。夢中，我時常去光顧，躺在二樓的榻榻米上，等待那又濃又香的蒲燒，想起那位鰻魚人，不斷流淚的朋友，自己眼角，也掛了一滴。

琴夫先生

車子經過銅鑼灣，見一老頭，邊彈邊唱，手上握的一具比手提琴大，又較吉他小的樂器，叫着賣飛機欖。這種老死的行業，只出現在舞台和電影裏，想不到還有真實的人物存在，即刻跳下車，衝前欲去擁抱。

枯瘦的老頭嚇得一跳，以為我是市政局小販管理處派來的便衣，前來抓人。

「先生，你貴姓，我認識你嗎？」他問。

我已經讓他吃驚，真不好意思！但說甚麼也要確定一下，「你……你是在賣飛機欖？」

對方點點頭。

「怎麼賣的？」我問。

「十塊錢一包。」他回答。

「一包有多少粒？」

「八粒。」

即刻掏雙份的錢。飛機欖用從前打麻將的油紙包着，吃了一粒，不硬也不軟，甚有咬頭，浸過糖精，上面沾着些甘草末，多吃了，口渴死人，不過和小時候吃的滋味一模一樣，拼命灌水的情景，又浮了上來。

「你是新移民？」我問。看樣子像大陸人來香港找飯吃的。

「老移民。」他搖搖頭：「六十年代來的，一直住到現在。」

「香港人還肯賣這種東西？」

「有甚麼不好？」他反問：「自由自在地。」

「一直在這一帶賣？」

「不。隨便我走，走到哪裏賣到哪裏。」

好個自由自在！

「沒有家人，才可以這麼做。」他補充了一句。

「從前賣飛機欖的，是裝在一個像哈密瓜那麼大的鐵桶裏。」我回憶起來。

「用甚麼裝都是一樣。」他指着布袋：「這東西輕便一點。」

「我這東西也輕便。」我指着自己揹的和尚袋。

老頭笑了，冰溶解了。

「到茶餐室喝杯咖啡？」我提議。

「不。」老頭拒絕，「還有生意要做。」

我們二人就一直站在街邊聊天。

我從褲袋掏出兩百塊錢給他，老者愕然了一下，數了二十包飛機欖，硬硬要我收下，還免費送我一包。他的布袋輕了，我的布袋重了。

「你還能那麼準確地把飛機欖扔到人家家裏？」我問。

「從前屋子矮，五六層樓，扔上去是沒問題的。」他說：「反而客人丟下的銅錢時常找不到。」

「是不是要拜師傅的？」

老頭再笑：「又不是甚麼深奧的功夫，看人家做，自己照做，就行。不過要靠經驗，扔了上去。力道不能太輕也不可以太勁，就算對方雙手接不到，也要剛剛好跌到他們的腳下。」

「這東西叫甚麼？」我指着他手中的樂器。

「秦琴。」他說：「中國人參考了西洋東西創造出來的。我從小喜歡音樂，從前是拉小提琴的。」

由他的相貌，依稀能見年輕時擁有過的瀟灑，拉着小提琴的樣子會是好看的。

「拉呀拉呀拉着了迷，連自己的名字也改成琴夫，琴的奴隸的意思。」琴夫先生說：「不過從早到晚拉，吵死人，被家裏趕了出來，給鄰居趕了出去。沒有人肯和我在一起，我單身從廣州來了香港。」

「那麼多年來，難道遇不到一個紅顏知己？」我問。

「當然有過。」琴夫先生嘆氣：「但是女人一知道你的生命中有一件比她們更重要的東西，到最後她們還是受不了離開你的。」

唉，我也嘆了一聲，轉個話題：「怎麼會從小提琴變成彈秦琴呢？」

「小提琴的旋律，輕快的也有，但是哀怨的多，凡是拉出來的音樂都比較悲傷，尤其是二胡，像女人哭後鼻塞的聲音，好在我沒去學。吉他彈出來的聲音不同，總是歡樂。我流落在香港，感覺命苦，還要玩悽慘的曲子幹甚麼？吉他太大，通街帶着走不方便，就選中了秦琴。賣飛機欖的時候一面彈一面唱，吵着人也是理所當然的事。對我這個琴痴，再也找不到更好的幹活玩意兒。」琴夫先生一口氣地解釋。

「有沒有想到去領援助金？」我問。

「甚麼援助金？你是說救濟金吧？用甚麼名稱都好，白白領錢就是被人救濟。我不喜歡聽救濟這兩個字，天災人禍的受害者給人救濟沒話說，我雖然窮，活得好好地，為甚麼要給人救濟？」琴夫先生一臉不屑的表情，是多麼地傲慢！

一向對傲慢的人沒有好感，他是例外。

「做人還有甚麼遺憾？」我問。

「有。」琴夫先生說：「已經沒有窗口給我扔飛機欖了。」

望着包圍我們的大廈，窗口緊閉，我也有同感。

信心建築師

這次回家探母，遇姐姐，臉上雀斑全失。姐夫的老人斑，也一顆不見，年輕多年。

「怎麼一回兒事？」我問。

「整容醫生醫好的。」姐姐回答。

「我也聽過用雷射來消痣。」我說：「但據説很痛，整個臉要腫十天。」

「一點也不痛，兩三天搞定。」姐姐説：「那醫生知道我有個幹電影的弟弟，他對拍片很有興趣，説你回來一定要見見你。」

「反正是來陪媽媽的，時間短，不出門了，來家裏坐談，無所謂。」我説。

安排好後，醫生到來。之前，好友王兄和李兄都來了，一起聊天。

醫生高高瘦瘦，白白淨淨，看起來三十出頭。

「已經四十了。」他宣佈。講得一口極漂亮的英語，沒有南洋人的「拉」、

「咩」等古怪腔，好感頓生。

「我臉上這種斑，好聽是叫做壽斑，其實中國人稱之為棺材釘，也能消除？」王兄問他。

醫生觀察了一下：「容易，太容易，難的是，我有些韓國女病人，腮骨和顴骨又高又反，都給我開刀磨平了。不過，我是在政府醫院工作的，你要來看病，不能說因為愛美，說這裏不舒服，那裏很痛，我就可以替你醫好。」

公家醫院一個月拿不到幾個錢，要是他開私人診所，有這種本領，一定賺個滿缽。

「他家裏有錢。」我聽姐姐那麼說過。

「我主要的工作，是替車禍的患者或天生缺陷的病人整容，一針針仔細地縫，醫好了也看不到痕跡，讓他們做人有堅強的信心。」他說。

我們三人都對他產生敬佩。

他越講越興奮大聲地，「我是一個重建信心的人，我喜歡把自己叫為建築師，多過醫生！」

好個信心建築師！

「不過，我這把年紀，消甚麼壽斑呢！」李兄說：「也不會有甚麼女人對我有興趣。性這件事，對我來說也不是太重要了。」

「錯，完全錯！」建築師跳了起來大叫：「性是一切的原動力，人生最重要的事！」

「福萊特的理論。」我說。

「對！」建築師贊同：「他是用心理來醫治，層次較高。不過基本的改造和重建，還是要靠我們。在讀整容科之前，我已經是一個繁殖學的專家！」

「簡單來說，是不是叫博士？」我不客氣地問。

「不要又醫生又博士地叫，我是建築師！」他抗議。

「你對偉哥有甚麼看法？」李兄問。

「啊！」建築師說：「那是男人理想的藥，能拖延射精的時間，又令生殖器脹大，是夢寐以求的成果！」

「沒有副作用嗎？」李兄又問。

「完全沒有。」他肯定。

「那怎麼會有死人？」李兄不服。

「沒有副作用，但有缺點。」他解釋：「缺點在於那東西一直挺立着，不射精就拚命地幹，幹得太劇烈，本來有心臟病的人就一命嗚呼了！」

「那麼有甚麼更好的藥？」我問。

「打針呀！」他說：「我最推崇打針！」

「我也聽過。」我說：「那地方最敏感了，打起來痛得要死，不如不幹！」

建築師娓娓道來：「我會教人家怎麼打，打哪一個部位才不痛的。打針的好處，是在性交之前五分鐘打，即刻見效，不像偉哥要一個鐘頭後才勃起。而且，它不會延長射精的時間。一出就軟下來，正常得很！」

「不會成為習慣嗎？」我反問：「每次要做都要靠打針？煩都煩死了。」

「啊！」建築師說：「那又回到信心問題了。我許多朋友的父親都十幾年沒做那回事，我給他們打針之後個個生龍活虎，變了另一個人。覺得活下去挺有意思。甚麼痛不痛，麻不麻煩。都已經是芝麻綠豆了。」

「十幾年不幹，會不會像溝渠一樣塞住不通？」李兄問：「打針真的那麼有效？」

「一百巴仙！」他肯定：「就像通溝渠那麼通法！」

說得七十多歲的王兄和八十的李兄都有點心動。

「比打針更有效的，是新鮮和美麗的對手。」我說。

「遇到一個血盆大口，又肥又醜的，怎麼打也沒用！」他同意。再下來又為我們解答很多性問題，時間不經不覺很快地過去，他連到訪的主要目的談拍電影之事，也忘得一乾二淨！

偉大的信心建築師還蠻幽默：「我也有失敗的例子，有一次，我開了幾顆偉哥給一個病人吃，忘記告訴他怎麼吃法，這個人拿回家後慢慢含，當糖吃，結果下面還是軟軟地，頸項硬了。」

笑得我們由椅子掉地。

小李哥

開珠寶行的小李哥，四十多歲，擁有三千金，不，不，應該說三千金擁有他。六、七、八歲的三個女兒，個個長得精靈可愛，拍起照片來剩下三對大眼珠。父親的，卻看不見了。

母親也是個美人胚子。一頭長長的秀髮，看起來像位少女，多過已有三個女兒的家庭主婦。

祖母早年留日，是位日文翻譯學者，已有數十年未返母校，最近興起，到東京一游。小千金把往年儲蓄的利是錢全部拿了出來：「嫲！儘管用。」

三千金各有不同個性，大的文雅好學，自己製作CD在國際比賽得獎。二的好動，有志參加太空計劃。小的甚麼都不在乎，自得其樂。

到了夏天，小李哥答應帶三千金去海邊游泳，但三番四次因公事而不成行。

「爸，最好不必回家了。」小千金說。

「這個家，是爸爸的。」小李哥抗議。

「那麼我搬出去住。」小千金收拾行李。

嚇得小李哥臉青，從此不敢隨便答應千金們的要求。

所以說，不是小李哥擁有三千金，是三千金擁有他。

仔細分析小李哥的生平，也看得出他是把自己分成三個部份，放在三千金身上。

他是七九年才從北京來到香港，文革時父母關進了牛棚，一家六口，分六個地方生活。平日刻苦自學，但因家庭背景「不清白」而考不進大學，一氣南下。

在關口因為不識粵語，等到天黑還輪不到，上前查問才知已經被叫而聽不出自己的名字。這種下他一定要把語文學好的根子，當然很快地摸清廣東話，在一家日本旅行社當打雜之後，又想到去日本學日語。

錢從哪裏來？小李哥在北京時認識了多位畫家，擁有一幅心愛的李可染《五牛圖》忍痛拿去賣，得到了兩萬八千塊就上路了。

學成回來，做遊客生意，大家看他老實，和他合夥開了一家很小的珠寶店。小李哥開頭對珠寶沒有經驗，初期向供應商拿貨，聲明在先。

「我是外行的，你們不要騙我。」和他的小千金一樣要求信用，小李哥說：「你們如果騙我一次，下回我學精了，你們便沒有我的生意做。」

憑着虛心、勤奮及誠信，珠寶行越做越大。但也沒有忘記清雅，收集了不少名畫。

其中有白石老人之《七雞圖》。一九三七年七月七日，日軍侵華，齊白石不怕威逼，不再畫畫。日本戰敗，齊白石已八十歲，畫了七隻雞，諧音七七。在畫中，寫道：「蘆溝有事後無畫興，今秋翻陳案矣。」

書法家啟功來香港，小李兄請他在家中作客，席間拿出畫來，啟功眼前一亮，高興之極，欣然在七雞圖上題跋：「此集萍老人興會極高之作，蓋盧溝橋變後，水火之中，雖時弄翰，寧有佳興。此幅題云今秋翻陳案矣，乃指敵寇投降。畫中史料可寶也。」

小李哥做的是日本人生意，但是國歸國，家歸家，自己永遠放在其次，雖然極愛這幅有珍藏價值的作品，還是將《七雞圖》捐給中國人民抗日戰爭紀念館。

不過，賣掉的《五牛圖》還是在小李哥腦中幌來幌去，十年之後，有人帶來一張李可染的畫給他鑒別，他一看就傻了，拿了一張空白的支票，簽上名，要畫廊出讓。還算畫廊主人有良心，加了一個零罷了，賣二十八萬，《五牛圖》回到小李哥身邊。

九七之後，日本旅客減少，小李哥一來香港就服務的旅行社越來越做不下去了，拼命向他的珠寶行賒賬，他明知收不回也不出聲。在倒閉的那一天，我們剛好一起旅行，他的心情，比那一家旅行社的老闆還要悲傷。

小李哥做人幾乎沒甚麼缺點，喜歡穿名牌罷了。一身Ferre西裝，Testoni鞋子，只是愛着白襪子，有點不襯。聽說他內衣褲也要白色，我沒看過，不知道是真的還是假的，個人所好，不予置評。

還有就是最討厭雞腳。

一塊兒飲茶，看到雞腳他即刻走開。

肉本身倒是沒有問題，照吃。甚麼白切雞、豉油雞，他還來得個鍾意。鵝掌、鴨掌，也可以接受。總之，不能有雞腳，喝廣東人的燉湯，喝到一半，一隻雞腳浮了上來，他忽然整口噴出，濺得滿場飛。

小李哥原本是旗人，屬黃旗。國字臉，平頭比董建華長一點。人很高大、黑實、敦厚，百分之百的北方大漢，笑起來和那三千金一個餅印，非常可愛。

未娶小李嫂之前，許多香港女子為他傾倒，他也約會了幾個。其中一名，已到親熱程度，一天，他們共餐，女的大啃雞腳，小李哥從此不和她來往，讓她栽得不清不楚。要是這位女士看到了我寫的這篇文章，十年之後，終於真相大白吧。

幻彩家族

黃先生看起來像一個人！是誰呢？想個老半天，哦，像日本老牌電影明星高倉健。

一頭短髮，灰白部份翹了起來，沉着樸實的臉，表情深不可測。

反過來，黃太太輕鬆得多，一頭染了棕色的長髮。當今流行，也不是很奇怪的事，但見棕得特別，中間又有深褐色，不轉過身來，以為是洋婦。

兩人跟着我們去玩，從沒聽過黃先生開過口，黃太太喋喋不休。「真沒想到吃的東西那麼豐富，下一次參加，一定帶全家人來。回到香港，好好地替你宣傳，我們那群姐妹，人數可真不少，每一個參加幾次，蔡先生，你可發達了！」

「是，是。」我只有點頭。

黃先生在一旁不作聲，很同情地望了我一眼，我也很同情地望了黃先生一眼。

禮貌上和好奇心上，我總喜歡問旅行團團友的職業，看表情，黃先生好像不願意說自己是幹甚麼的，幾次機會，我都沒問過他。奇怪的是黃太太話雖然多，但也從來不提起。

錢是有的，當其他團友忍不住問黃太的頭髮在甚麼地方染的，她回答了一個很出名的髮型設計師的名字，接着說：「花了好幾千塊。」

「染得很漂亮呀。」團友們說。

黃太太笑了：「我那幾個兒女，染得更好看。」

第二次，黃太太果然帶了一家人來參加，我在機場迎接他們時，呆了一呆。大兒子出現，染得一頭藍髮，大女兒出現，染了一頭紫髮，小兒子出現，染得一頭紅髮，小女兒出現，染了一頭綠髮。

這還不止，服裝襯住頭髮的顏色，還釘了藍、紫、紅、綠的珠片，孔雀開屏。

我見怪不怪，一笑置之，但是一些思想傳統的團友，為之側目。

「怎麼讓自己子女那麼放肆？」是溫和的看法。

「我兒子要是敢這麼做，我就把他趕出去。」是較憤怒的見解。

「哎，生了這麼一群人不像人、鬼不像鬼的東西！」是惡毒的批評。

「怎麼忍受得了？」禿頭的丁先生說。

我問丁先生：「你年輕的時候，也梳過一個東尼．寇蒂斯的尖麵包頭吧？」

「你怎麼知道？」丁先生問。

「算你的年紀，應該是流行過，」我說：「那時候你的父母，也會說怎麼忍受得了。」

丁先生沒話說，不高興地走開。

黃先生聽在耳裏，對我有點好感。

之後，黃先生一家人自得其樂，從不主動和其他團友交談，吃飯時我另外安排一桌，讓他們耳根清靜。

大兒子雙耳插着耳筒聽音樂，跟着節拍擺動。大女兒拼命化妝，任何時候都看到她在塗口紅。小兒子沉迷在手提電動遊戲機中，巴士上每一個客人疲倦睡覺時，還聽到他的遊戲機的嗶嗶聲。至於小女兒，逢哈囉吉蒂就買，一身十幾個公仔，逐一把玩。

黃太太只顧買吃的東西，黃先生本人一直往窗外看，對大自然，有無限的興趣。

「那種女子一定不務正業的了，你猜猜黃先生幹的是哪一行？」有些團友開始推測。

「那麼沉着的人，一定是會計師。」有人說。

「不，不，會計師的身體哪裏會那麼強壯？一定是個退休的運動健將吧？」

「開紡織廠的吧？」

「不像一個商人，也許是警務人員。」眾人七嘴八舌地討論。

禿頭的丁先生又來參加一份：「照我看，是開火車的。」

大概是高倉健在《鐵道員》一片中給了他的印象。

抵達了溫泉酒店，大夥都急着換了浴衣去浸大池，我看到黃先生用羨慕的眼光望着，但不走進浴堂。

「你不喜歡泡溫泉嗎？」我問。

黃先生搖搖頭。

「那麼一起去呀！」我拉着他進去。

禿頭的丁先生看得呆住，手上的木桶倒水倒到一半，停在空中。

黃先生脫了衣服，全身紋身，刺青圖案是南方神荼夜叉明王佛像遍身青色，兩眼俱赤，攬髮為髻，顏色黑赤交錯，如三昧火燄。張眼大瞋，上齒皆露。有二赤蛇，二頭相交，垂在胸前，仰頭向上，其二蛇尾，垂在肩。有八臂手，把跋折羅和長戟，其戟上下、各有三叉、皆有鋒刃。手作心印、施無畏手。另有四面四臂像，表示降伏第七末那識之我痴、我見、我慢、我愛……

泉水從肌肉流下，黃先生坐在池邊，一動也不動。眾人一句話也說不出，全場靜止。

黃先生轉過頭，向我微笑了一下。

幻彩家族，嘆為觀止。

小西姑爺

帶了那麼多次旅行團，印象深刻的人物有大食姑婆、粗口大王，和這一回去北海道的小西姑爺。

小西姑爺人並不高大，瞪着眼睛，樣子非常可愛，大約四十幾歲。

「今晚你帶我去哪裏泡妞？」是他對我說的第一句對白。

「你帶來的那位女朋友，人很漂亮呀！」我說。

的確如此，白白淨淨，身材好得不得了，看得很多團友流盡口水。

「女友歸女友，泡妞歸泡妞。」他說，「她是宵夜。」

我不理他，做別的事去。

「今晚你帶我去哪裏泡妞？」第二天，他又問我。

「我只帶你們吃吃喝喝。」我說，「不包括幹這一回兒事的。」

「這一回兒事和吃吃喝喝一樣！」他叫了起來，「肚子餓了，就要吃，我很餓，求求你，帶我去吧！錢，我有的是。」

最討厭人家用錢來壓人，我還是不理他。

第三天，他重複問題，表情還做得很可憐地。

我起了同情心，「這樣吧，我要去找人擦背，你要來的話可以跟我。」

小西姑爺笑了，笑得像一個第一次得到玩具的小孩子。「我知道你心軟，不會辜負我的。」

「是正經的地方！」我喊。

「是，是。你說正經就正經，走吧，我請客！」

「不要你請，各人出各人的。」我咆哮。

「你說怎麼就怎麼。」他寸步不離。

到了一家經常光顧的浴室，小西姑爺看到招牌，陰陰嘴笑，好像心裏在說：「來這種地方，不是泡妞幹甚麼？」

推門進去，迎客的妙齡女郎前來招呼。小西姑爺磨拳擦掌，笑得更燦爛。到更衣室把衣服脫光，拿着一條毛巾，祝君早安般大，遮着下體，再去沖花灑，然後浸入大池。過程中，禁不住瞄了一下，小西姑爺，果然有過人之處。

「女的呢？女的呢？」他四處張望，看到的只是更有過人之處的男子。

「請過來這邊躺下。」終於聽到了女人聲，小西姑爺大喜。

轉頭一看，是兩位擦背的老太太，有五十幾六十歲了吧？身體圍着大毛巾，這種年紀了，自己圍不圍沒關係，大概是客人的要求。

小西姑爺吞了一口口水，骨得一聲。「怎麼？怎麼那麼老？」

「說好是來擦背的嘛，老又有甚麼關係？」我笑了，「你還以為我們是來幹甚麼？」

小西姑爺像洩了氣的氣球。

上海師傅擦背，是把一條毛巾包裹在掌上，像一把布製的刀，把客人身上的老泥刮去。日本的澡堂子，擦背是用一塊瓜囊，雖然不如毛巾刮得乾淨，但力道夠照樣被搓去一層皮。擦時難免碰到敏感地帶，小西姑爺即刻有反應，而且來得劇烈。

擦背的老太太們看了吃吃地笑。小西姑爺的情緒更是高漲。想伸手去摩一摩，給她們一掌打開。

「這種事你也做得出！」我大叫，「中國人的臉都給你丟光了。」

「有甚麼不好？你看她們多開心！」小西姑爺越說越興奮地站了起來，「我相信她們這十幾二十年中最高興的是這一次了。我走後她們不知會多少次講到我！這種事，是不分年齡，不分國界的，我做的，是日行一善！」

看着那兩位擦背的老太太背影，我總覺小西姑爺講得並不錯。

「你想想，我們男人，有甚麼親過這位弟弟的？」小西姑爺慷慨激昂地，「我的兒子已經有二十歲，也沒有他親。這傢伙，我一生下來就跟到現在！所以一定要好好對待他。餓了，馬上給他東西吃！不餓的時候，也要替他搽一點 Baby Oil！」

「還搽油呢！」我叫了出來。

「是的！」他說，「而且要用 Johnson 牌子的。」

走了出來，他叫我先回旅館，自己找東西吃。

「你又不會說日本話，一個人去哪裏找？」我問。

小西姑爺不回答，拉着路過的日本人問：「Do you speak English? Do You speak English?」

終於找到了一個點點頭的，推他到公眾電話亭，裏面插着許多裸女的召妓小廣告，請這路人為他打電話，終於打通，小西姑爺拇指和食指打了一個圈，向我作OK的手勢。

回來時已是傍晚，大家吃飯，還沒吃到一半，小西姑爺就拉着他的女友往房間跑。

翌日，我下樓，看到他在櫃台埋單，從腰包拎了一張張的一萬圓鈔票付款。

「叫了很多 Room service 嗎？」我好奇地。

「女朋友吃不消。」他懶洋洋地，「只好看成人電影，每片一萬，看了好幾套。」

我感嘆：「你真是一位小西姑爺。」

「甚麼叫小西？」他問。

「用廣東話讀歪了一點，就知道。」我說。

奸人棠

棠哥又派人把普洱茶送到我家。

認識這位朋友真不錯，知道我愛喝普洱，一直給我最好的。

「為甚麼你喝得那麼濃？」棠哥最初見到我的習慣即刻問：「根本濃得像墨汁嘛。」

我笑着：「肚子裏沒有，肚子裏沒有。」

「我才肚子裏沒有墨水。」棠哥也笑了：「幹我們這一行的，都沒讀過多少書，真是欣賞你們這種文化人，說話夠幽默，還會嘲笑自己，不容易呀，不容易。」

「聽朋友說你的普洱，是私人收藏得最多的，香港除了英記茶莊之外，就輪到你了。」我說。從來沒有問過棠哥是幹哪一行的，只知道他的普洱多。

「我算得了甚麼。」棠哥謙虛地：「自己喜歡喝嘛，見到了就買。」

「怎麼看得出是真是假呢？」我問。茗香茶莊的四哥告訴過我，市上老普洱的贗品多得不得了。

「和當店學徒一樣，師父先讓他們看真貨，看多了，就知道甚麼是假的。」棠哥說。

「你家開當店？」我好奇。

「不。」他搖頭：「性質有點像罷了。」

既然他不直接回答，就不方便問下去了。

「現在每天還要上班？」我轉個話題。

「睡到十一、二點才起身。」棠哥說：「飲完茶，休息一會兒，下午三點鐘才到公司打一轉。晚上吃吃喝喝。老了，甚麼事都不想幹了，星期六也不上班。」

棠哥的樣子不過四十多歲，戴副金絲眼鏡，斯斯文文地，就是喜歡說自己老。

「現在還買普洱嗎？」

「最近到台灣去，進了不少貨。」棠哥說。

「台灣？」我問：「怎麼不是雲南，是台灣？」

「你也知道啦，台灣茶客近年來學會欣賞普洱，拼命來香港收購，價錢都給台灣佬抬高了，所以我好幾年不買。上個月這場地震，影響了經濟。從前有錢買，現在都等現款用，便宜賣出。不去買，等甚麼時候？」棠哥一口氣說：「從來沒有一種貨物比普洱漲得那麼厲害的，紅酒也差得遠呢。老普洱貴起來，比幾十年前貴幾百倍。」

「但是要有財力和眼光呀。」我心想。

「我的普洱一生一世也喝不完，你別買了，我分給你好了。」棠哥大方地。我還以為他是說着玩的，那知道他果然說得到做得到。

再次見到他時，向他道謝：「你很守信用。」

棠哥說：「最討厭不守信用的人。幹我們這一行的，信用最重要。」

「如果有人不守信用呢？」我問。

棠哥回答得輕鬆：「會有交通意外發生的。」

當時，我並不知道他說的是甚麼意思。

約好棠哥和好友老徐星期六中午十二點到陸羽茶室飲茶，我覺得棠哥這個人很特別，把事情告訴了林大洋，他也很有興趣認識這個人物，打電話說要一齊來。

我一向不守時，先到。

林大洋也早來了。看到他有點垂頭喪氣，問明理由。

「把錢借給一個從小玩到大的朋友。」林大洋說：「說好一年內還清，一定守信用，哪知道時間到了向他要回，起初一直推，接着反臉對我呼呼喝喝，到最後還用粗口問候我老母。」

「一共借了多少？」我問。

「好幾百萬。」林大洋說：「現在又有一個認識了幾十年的朋友向我借錢，我見過鬼怕黑，不知道到底借不借給他才好？他說他三個月內一定還清。」

這時好友老徐也來了，聽到林大洋一番說話後說：「應付這種情形，最好是叫他去找奸人棠。」

「你說的是棠哥？」我詫異：「他怎麼有這個外號？」

「原來你不知道奸人棠是幹甚麼的？」老徐說：「誰都曉得要找人放高利，放得最爽快的就是奸人棠。」

啊，真想不到棠哥是放高利的，他的形象和放高利的人一點也不吻合。

十二點，掛鐘敲打，棠哥走了進來。

為了要表示我已知道他的行業，向棠哥說：「我的朋友的朋友，想借錢。」

「做人千萬不能向人借錢！」棠哥正氣凜然地：「放高利的，都是奸人！」

「這話怎麼說？」我問。

「求人家借錢，早上還求不到，那種人睡到十一、二點才起身，先去飲茶，到下午三點才去財務公司，星期六還找不到他呢！」棠哥破口大罵：「不過，你們的朋友真的要借的話，只好找這種人，你們文化人千萬別借錢給別人，你們不懂得怎麼收回！奸人自然有奸人的辦法！」

「有些奸人，還很會喝普洱的，你説是不是？」我笑着問他。

棠哥點點頭：「是的，有些奸人，蠻喜歡喝普洱的。」

真是可愛到極點，我走過去把奸人棠抱了一下。

人生看更人

常聽到友人羅卜蔡說，星期天早上幾個人相聚在一起，做私房菜吃。好生羨慕，央求他帶我去一次。

終於約到了，羅卜蔡一早接了徐勝鶴兄來我家，驅車到九龍灣的一座大廈，把車停好，一同乘電梯到頂樓。是一間老闆辦公室，牆上掛着字畫。一進門口，左邊就是小廚房，有一位老太太和另一個光頭的老者在裏面做菜，老者瞪着五元銀幣般大的眼睛，是他的特徵。羅卜蔡沒有介紹，我以為是酒樓的大師傅。

其他友人陸續到來，光頭老者捧着菜由廚房走出來，才知道是主人。

「坐坐。」主人說：「既然來了，就唔懶使客氣。」

再下去，主人家所說的話，沒有一句不帶粗口，為了文章簡潔，就不再重複有關性器官的字眼。

菜式花樣不多，基基本本的幾個：先是一大鍋湯，煮熟着瀨粉；另外兩大碗，一碗煲着豬肚、白果和筍尖，一碗大鯇魚頭，都是以湯汁為主；一大碟白切雞；一碟清炒蘆筍；還有一大盤的叉燒，是另外一位開酒樓的朋友從店裏帶來讓我品嚐的。就此而已。

一大早大魚大肉，實在幸福。我開懷大嚼，主人看我吃得高興，也頗為開心。

「這湯怎麼那麼鮮甜？」我問。

主人輕描淡寫：「選老雞四隻熬十個鐘。」

「哇。」我說。

「雞要選走地的，越老越好。飼養的一點味道也沒有。昨天去大陸買回來，晚上劏了，煲到天亮，四隻雞、三斤豬肉、二両陳皮，就那麼簡單。」主人說。

很難想像老者連那隻白切的，一共拿着五隻雞在羅湖過關的尷尬。也許有工人，但又不像是靠助手幫忙的人。

「我一早就認識你的，但你不認識我。我們買牛肉都是向同一家人買。那條金錢腰，不是賣給你就是賣給我。」主人對我頗有知音的感覺。

「鯇魚頭怎麼買到那麼大的？」我又問。

羅卜蔡代為解釋：「他一早去魚檔，選最大的那幾條鯇魚，叫人家算整條的錢。只要牠們的頭，不然魚檔怎麼肯賣給你？」

主人笑了：「只要算貴一點，未至於要整條買。」

「豬肚怎麼洗得那麼乾淨？」我還是要問到底。

「我才不會洗，你去問她！」主人說完指着剛從廚房走出來的那位老太太。

「那是他姐姐，兩人相依為命。」羅卜蔡在我耳邊說。

「我一買豬肚她看了就生氣，我把豬肚一丟給她就馬上逃走。」主人像老頑童地說：「喂，蔡先生是食家，這次你不會生我的氣吧？」

大姐慈祥地笑：「洗豬肚要三洗三煮。」

「三洗三煮？」我問：「甚麼叫三洗三煮？」

「買了回來，先擦了鹽用水洗，沖乾淨，刮掉肚中的肥膏，再擦生粉洗，然後在滾水中過一過。拿出來，把黏在肚上剩下那一點點肥膏再刮去，又拋進滾水裏煮個十五分鐘，撈出來過冷河，才第三次加白果用老雞湯煲。」

「哇。」我又折服了：「鯇魚頭用的也是老雞湯煲？」

主人點頭：「沒有秘訣。」

飽飽。飯後嘆陳年普洱茶。

「你們每個禮拜來，是不是夾份出錢買菜的？」我偷偷問羅卜蔡。

羅卜蔡說：「沒有，都是主人請客。」

「錢算得了甚麼？」主人收拾碗碟時像是聽到了：「我收的租，一生一世吃不完。」

剛剛說到這裏，主人用自己的手遮着嘴：「這句話不能說得太早，上次說了即刻闖禍。」

「是怎麼一回兒事？」我追問。

主人詳細道來：「我四十年代來到香港，沒讀書，只有去撿垃圾。哪，就是這塊九龍灣的土地，以前是個垃圾堆。傳說大陸人吃苦，哪裏有我們那種苦？撿垃圾是從堆得像山的垃圾撿起的。一層又一層，凡是有一點用的都撿，撿到平地，再向洞裏找。洞裏積了污水，這時候是撈而不是撿了，撈走水中的垃圾，再挖埋在地裏的，這才叫做撿垃圾。我勤力，人家睡覺我繼續撿，拿去賣。慢慢地，經營起廢銅廢鐵，就是所謂的五金行了。五金行又做大，向銀行借錢買下這塊垃圾地，和人家合夥建了這座大廈收租。我大姐一直勸我說：細佬呀，得省吃儉用呀！我向大姐說，我們一生一世都吃不完。話一說，房地產跌價，我欠銀行一屁股債，整天唉聲嘆氣，大姐一看到我回來，即刻把所有窗門都關掉，怕我跳樓！」

「後來不是漲回嗎？」我說：「現在又跌，可是你有這棟樓收租，再跌也吃不完呀。」

「還是不說好。」主人用手遮我的嘴。

「吃，儘管吃好了。」大姐走出來說：「穿還是可以省一點。」

主人說：「你看我一身穿得像苦力，還不夠省？昨天拿雞回來時，遇到一個人，說這個看更的很會享受。」

「你聽了不生氣？」我問。

「生甚麼氣呢？」主人說：「我本來就是在看更，替我大姐看更，替我自己看更，看人生的更。」

修理屋

日本人叫某某行業的人，都以甚麼屋甚麼屋稱之。不像廣東人的賣魚佬、差佬、地盤佬。替人家修理東西的，是修理屋 Shyuriya。

我們的一個朋友，年輕時沒錢。但在紅燈區，妓女們給客人弄傷了，叫他這小伙子來搽藥，等醫好了之後，再用身體報答他，所以我們都叫這個朋友做修理屋。

別修理修理那麼難聽，修理屋幽默地說：「叫我建築師行不行？不然叫我機械師也好，再不然，叫 Doctor！」

今年已經有五十七歲了，修理屋最後在澳門，開了一家旅行社。

「這幾年日本遊客少，專做他們生意的旅行社一間間倒閉。我們仍然艱難維持，都是因為自己也喜歡旅行，不然也跟着別人放棄了。」他說。

「世界都給你跑遍了？」我問。

「唔。」他點頭：「但是最熟悉的還是東南亞，我最愛越南、柬埔寨和泰國。」

「都是女人多的地方！」我暗示他好色。

修理屋聽得懂我言下之意：「好色、鹹濕 sukebe，都已經落伍，那是封建社會創造出來的名詞，從前的假道學才會把人貶低，甚麼叫好色？不過是性能力比別人強一點罷了。有些人是遺傳得到。他們生下來負責的是傳宗接代的工作，就需要花多一點時間去播種；有些人一個老婆也滿足不了，上帝是叫他們生出來做呆板的事，沒有甚麼幻想力。凡是創作能力高的人，性能力都強，他們是好種嘛，好種就要播多一點，下一代才更優秀。所有領導層的人物，都屬於好種，現在動不動就爆人私隱，說甚麼地下情，把一些重要的人物都毀了，真是他媽的見他們的大頭鬼！」

說得我也有點贊同。

修理屋繼續慷慨激昂：「好色、鹹濕，都是正常的呀。他們要多幾個女人有甚麼罪，有人叫我鹹濕佬，我高興還來不及，表現我還有性能力！」

「你的意思是說你已經沒有了？」我問。

「不，不，有還是有的。」修理屋說：「不過不會像從前那麼飢不擇食，現在想要的時候，是對方能刺激到我的時候。對方不能，還是打高爾夫球好。」

「你很喜歡打高爾夫球嗎？」我又問。

修理屋解釋：「年紀一大，次數就減少了，性方面；次數增多了，高爾夫球方面。」

「你這個年紀，有沒有想到回去日本終老？」我說：「有位叫西本正的日本朋友，是個攝影師，中國藝名叫賀蘭山，拍了很多出色的香港片，他年紀大了，也和太太回日本去的。」

「西本先生我也認識。每一個人都不同。他回去是他的決定，我是絕對不會。」

「為甚麼說得那麼肯定？」

「我們幹旅行社的，要張機票還不容易？」修理屋說：「我從前每年都回去兩次，後來變成每年一次，再後來就變幾年一次，原因已經沒有了親人。」

「但也有老朋友老同學呀！」我說。

「是的，回去時一召集，總有一群同學和朋友在一起吃飯，後來我發現他們一個兩個，都變成了老頭子，說的話題都是甚麼醫學甚麼病痛，還有甚麼意思？」修理屋搖頭嘆氣：「我也一把年紀，但是我就不覺老。」

「那麼多地方，為甚麼選中澳門終老？」

「最好當然是香港，但東西太貴，連屋子也買不起，柬埔寨和越南雖然更便宜，但是政治不穩定，澳門最安寧，步伐也最適合我。」

「不怕黑社會打打殺殺？」

「還有甚麼比越戰更危險呢？那時候我也夠膽去玩，黑社會哪裏有坦克車飛機大炮？」

「主要還是貪女人便宜？」我一點也不客氣。

「要從另外一個角度來看這件事。」修理屋理直氣壯：「經過戰亂的國家，一定窮，窮就是等於甚麼資產都沒有，而剩下最大的資產，當然是女人。經濟復元的第一個階段，一定靠女人維持，日本戰後也是如此，所以我一直很尊敬她們。這一股原動力，是男人沒有的。她們賣，我們買，錢不夠，拼命去賺，買來賣去，社會就繁榮了起來，我也要做出一點貢獻的呀。」

「怪不得你要住澳門，現在最好的女人都集中在那裏。」我羨慕。

「是呀！」修理屋說：「有一個俄國來的，日文說得頂呱呱，面孔和身材更是頂呱呱。我有一個朋友在酒店大堂等電梯，看到她走出來，整個人看得呆住，電梯門開了幾次，他都忘記走進去。」

「現在還在不在？」我的好奇心大作。

修理屋笑着說：「上次和一群澳門朋友去曼谷打高爾夫球，一提起這個俄國女人，大家都認識，其中一個問我同樣問題，我說她已經回俄國去了，聽說是醫愛滋的，在場所有男人都低着頭，一句話也說不出。出來玩女人，不戴套，真笨，活該！」

三級片明星的故事

數年前在日本的一本叫《郵報週刊》中看到幾幅裸女照片，相中人身材驕傲，成熟得誘人。

但是此類照片每一個禮拜都出現，市面上數十本同樣的，每期至少介紹兩三位，又有甚麼出奇之處？

不同。身體的完美有的是，但這個女人長得乾淨、美麗，一點庸俗味道都沒有，氣質非凡，要她脱光衣服拍寫真，像一件不可能的事。

只登着她的名字，缺少一切資料，就打電話給攝影師，道明來意，說要拍電影請女主角。

「為甚麼偏偏選中我？」見面的時候，這是她第一個問題，不是先問付多少報酬。

「在香港電影圈中找不到像你一樣的人。」我回答得坦白，她能接受。

「需不需要和監製、導演上床才決定的？」她問得直接，再插一句：「如果劇本好，我並不介意。」

「導演我不知道，是你們兩人的事。」我說：「監製不必，我們只當妳是商品，商品不亂動。」

這答案她也似乎滿意，她深深地一鞠躬：「好，看了劇本再說。謝謝你給我一個機會。」

一個星期後，得到她的回音：「故事好，角色不錯，我會盡力去演。最後還有一個問題，不知道你們會花多少錢去拍這一齣戲？」

「七百萬港幣。」我說。

當年的匯率，是一億日圓。

「你們肯花那麼多錢，表示不是一部普通的成人電影，我很樂意接受這個挑戰。」她說：「不過我要帶自己的化妝師、髮型師和經理人兼保母。」

「不行。」我斬釘截鐵地：「你看過劇本，知道要演的是一位民國初期的中國煙花女子，你的化妝師髮型師對這個年代熟悉嗎？她們的造型會好過我們的嗎？要帶保母我能了解，也可以為你推擋男人的追求。」

「有人追我嗎？」她笑了。

「也許我會是第一個。」雖然難於抗拒，但不會去碰她，只是恭維。

「謝謝。」她又深深地一鞠躬。

「中國女子從來不那麼鞠躬法的，請你從此改變這個生活習慣。」我說。

「是。」她又要鞠躬，到了一半，停止了，是一個學得很快的人，大可放心。

抵達啟德機場，她行李四大箱，工作人員為她搬，重得要幾個人一齊動手。

「都是書。」她迷惑地：「我搜集了民國初年的各種散文和筆記，還有很多小說，但是怕我們日本人翻譯的不好，原文又看不懂，怎麼辦？」

我不相信她會刨完：「可以問我。」

這時她才欣然地笑了出來。

一般女子到了香港先去置地廣場買名牌貨，這個人一味往荷李活道的古董店鑽，買到了一個民初髮飾，高興若狂。道具要為她付錢，她堅持掏腰包，「自己買到的，是自己的東西，懂得珍惜，更能入戲。」

有這麼一位演員，一定拍得順利。但是問題發生了。導演說：「這個女人不出門，也不吃東西，一直看書，身體越來越瘦，已不豐滿，怎麼辦才好？」

「先拍墮落後的戲吧。」我向導演建議。

過幾天，接到她的電話：「本來導演很困擾，現在活潑得多，我知道你替他開解了。一切都是我不好，害你們花那麼多的心機，真不好意思，謝謝您！」

「不許鞠躬。」我說。

「以為電話中您看不見呢！」她笑着說：「不會再犯錯了。」

又過幾天，副導演兼翻譯向我打小報告：「不得了這個人在吸毒，叫我幫她買大麻和藍精靈！」

正在煩惱時電話響了，是她的聲音：「下一場戲是要拍我失意後精神恍惚，我的演技還是很差，怕做不出來，才要靠藥物，請不用擔心，沒事的。」

再過一陣子，導演呱呱大叫：「那女人忽然說要回東京一個星期，怎麼辦？」

「非回去不可嗎？」我在電話中問她：「甚麼理由？」

她猶豫了一刹那，回答我說：「我母親死了，一定要回去。」

怎能阻止她？片子停拍了七天，好在損失並不大。

滿臉春風地，這女人回來了。

「喪事辦好了？」我問。

「騙你的。」她說。

「騙我幹甚麼？」

她忽然拉起上衣，露出豐滿的乳房，嚇得我一跳。

「不去隆胸，戲怎麼拍得下去？」她滿意地：「請不必擔心，是從腋下植入，沒有疤痕。」

我不想給她看到感動的表情，抱了她一下。

「值得嗎？」我問。

「值得。」她說：「我是演員嘛。」

這次輪到我深深地為她鞠了一個躬。

一個劇本

周素素是位高不可攀的大明星，一系列的作品如《天涯海角》、《威尼斯的黑舟》、《黎明就快來到》等等，都出自著名導演的手筆，得過無數的最佳女演員獎，所到之處，燈光閃個不停，令人眩目，已是進軍荷里活的地步。

忽然，她息影了，嫁給一個名列《福比斯》雜誌富豪榜上的男人，為他生了兩個孩子。

初出茅廬的林大洋，被公司派去拉斯維加斯開會，正當他晚上寂寞地在旅館酒吧中喝一杯時，做夢也沒有想到，擦過他身子的女人，就是周素素。

風采依然，她還是那麼美麗，穿着米蘭最新款的長裙，沒有乳罩的低胸禮服，內容跟着步伐而顫動。生育過的她，腰還是那麼地細，身材成熟得像一顆快掉下來的水蜜桃，皮膚一樣粉紅。

那陣獨特個性ＹＳＬ牌巴黎香水味，直攻林大洋，讓他暈眩了半秒鐘。

啲嗟，林大洋聽到東西摔地的聲音，是周素素的塑膠賭注，每一個至少也是一百美金，即刻為她拾起。

「周……周小姐。」林大洋不知要叫甚麼太太好，把籌碼交還給她。周素素一轉身瞪了一眼，像看到林大洋身後的柱子，當他是透明似地，連賭注也不要，抬高着頭走開。

林大洋呆呆地看着她的背影在人群中消失。一剎那，又回復原來的開朗，問自己說：「是不是明星有架子，才像明星？」

本來可以拿着這幾百塊去 Black Jack 枱子搏殺的，但林大洋沒有這樣做，留着當紀念吧，繼續喝他的雞尾酒。

「喂！」

林大洋轉過頭去，看見周素素在叫他，即刻雙手把賭注奉還。

「我不是來要回錢的。」周素素命令：「我要你陪我吃飯，免得那些鬼佬來勾搭。」

「好呀。」林大洋欣然地：「不過有條件。」

「甚麼條件？」周素素的聲線提高，像在說你這嘴邊無毛的小子也敢提條件？

「你收回這些籌碼，我就陪你。」林大洋說完看見周素素微笑，表示同意。

兩人走進高級西餐廳，沒有訂座，領班在吱吱唔唔的，周素素從皮包中取出一張一百塊的現鈔塞進他的手中，即刻有位，順便叫他拿了一杯伏特加，要雙份的。

坐下，林大洋無意地問：「怎麼一個人，先生呢？」

「這是我的私事，你沒權力追問！」周素素的態度壞到極點。林大洋反而笑了。周素素尖叫：「你笑些甚麼？」

林大洋說：「我現在才證實了，有架子的明星，才像明星，我沒有認錯人。」

周素素不管他，伏特加一杯乾完又一杯，後來乾脆整瓶留下，叫的食物，動也不去動它。

林大洋不作聲，周素素自動開口：「我先生待我真好，要甚麼有甚麼。我們一家人，帶了兩個孩子和他們的保母，飛聖美路斯滑雪，去埃及騎駱駝，都坐頭等飛機，住最好酒店，吃最好的東西，喝最貴的酒。」

「你當然有這種福氣。拍戲應該是一件很辛苦的事。現在享受人生，再好也沒有。」林大洋說。

「可不是！」周素素說：「再也不必受那些他媽的導演和片商的氣了。」

一杯又一杯地喝。

「再喝你就要醉了。」林大洋說。

「醉？」周素素又提高聲線：「幾個男人灌我喝酒，都給我喝倒在地上。要讓我醉？可沒有那麼容易！你以為我是黃毛丫頭。我是喝不醉的。」

已經醉的人，才說自己沒醉，林大洋知道，但沒有說出來。

「你別以為那些大導演有甚麼了不起。」周素素繼續說：「其實他們對人性一點也不懂，我一直和他們吵架。像拍那場強姦戲，導演要那個男的來拉開我的上衣，我和導演理論，我說要強姦的話，哪會這樣？應該先脫對方的褲子呀！好在我不必再拍戲了。我嫁了人，我很幸福。」

林大洋沒想到周素素對人生觀察得那麼細緻，怪不得她能得獎。不過奇怪為甚麼她老是提着自己很幸福很幸福。

酒醉分成十個階段，第一是放鬆，第二有點興奮，第三開心，第四多話，周素素進入第五的階段，那就是開始危險了。

「你再阻止我喝酒，我就在餐廳裏大吵大鬧，讓你難看！」周素素說。

林大洋苦口婆心地：「又沒人認識我，我怕甚麼？」

周素素聽了大笑起來：「對，這裏也沒人認識我，我怕甚麼？陪我回房間去！」

咕嚕一聲，酒停在喉嚨，林大洋愕然。

一走進電梯，林大洋更嚇一跳，他感覺到周素素伸手一抓，抓到在雙腿之間。

周素素喘着氣在林大洋耳邊說：「女人要引誘男人，你以為她們會先親嘴嗎？」

周素素一打開房門，就到酒吧間倒伏特加。

「別再喝了。」林大洋央求：「再喝你就不知道自己在做些甚麼。」

「你才他媽的不知道自己在做些甚麼！」周素素叫了出來。這是醉酒的第六個階段，煩躁而多疑：「你才是醉了，以為我不知道？」

林大洋起身，擁抱着她，輕輕地說：「來，聽話。」

素素微笑着把他推開：「誰說在太過興奮，會一下子完事，樂趣不夠。」

在這個階段中，飲酒的人也會冷靜一會兒，但很快地過去，進入把話重複地說的第七階段。

「人生何求？」周素素說：「我真幸福，他答應在溫哥華買一個商場給我爸爸媽媽，讓他們退休後也有點事做，我對得起父母！我的兩個兒子很乖，我好好照顧，也算是對得起他們。嫁了他那麼久，我從來沒有自己出來玩過，我也算對得起丈夫。我真幸福，你說我對不對得起所有的人？」

林大洋只有點頭：「你對得起所有的人。」

剛才在餐廳喝了一瓶，現在房間裏的伏特加便剩下一半，周素素踏入第八個階段：大發脾氣。

「但是全世界的人有哪一個對得起我！」周素素又叫又嚷：「導演片商卻要先和我上床才給機會，我老子老娘再多錢也嫌不夠，孩子只聽菲律賓工人的話，我那老公，唉，我那老公……」

「你先生怎麼了？」林大洋問。

「有一次他公幹回來，我幫他把行李中的衣服拿出來，找到避孕套！」青筋在周素素的額邊漲起，她大力地搖頭：「不，不，不，全世界的人都對不起我！」

「男人逢場作戲罷了。」林大洋只有這麼說。

「不，不，不。」周素素喋喋不休：「我叫了一個私家偵探去跟蹤他，拍回來的照片一看，卻是比我醜的女人，你說，你說，這傢伙怎麼可能不要我，要和那些醜八怪鬼混？全世界的人都對不起我！」

要是我，我會不會也去玩呢？對着這麼一個美麗的女人，久了，我會不會生厭呢？林大洋問自己。

酒精已在第九個階段中作怪，周素素哭了出來，林大洋怎麼安慰都沒聽得進去，已經不可理喻。

「來，」周素素邊哭邊叫：「抱着我，你想做甚麼就做甚麼！我才不管，他可以玩，我也可以玩，全世界的人都對不起我，我為甚麼要對得起他們？」

雖然聞到一陣強烈的酒味，周素素胸脯的起伏，還是不可抗拒的，林大洋還在猶豫時，下身又感覺到她伸過來的手，但想起從來不跟有夫之婦胡搞，本能地推開了她。

好在這一推，離開周素素遠了一點，說時遲那時快，醉酒的第十個階段，就是嘔吐。

像《驅魔人》那樣，胃中的東西噴泉一般地湧出，沾污了周素素，全身都是穢物。

周素素躺在床上大力喘氣，酒醉後還是有知覺地：「把我的衣服脱掉，把我的衣服脱掉！」

林大洋只好照她的話做，拉下那件名牌晚禮服，露出了豐滿的胸部。林大洋看到血液膨脹，但下意識地衝進洗手間，拿了毛布浸濕熱水來為她擦乾身體。

唇部、頸部再接觸到她的乳房。

「底褲也要脱、底褲也要脱！」周素素命令。

林大洋拉下她下半身的內衣，扁平的下腹凸出一叢恥毛，周素素的大腿，還是那麼地修長！萬馬奔騰。林大洋快到了崩潰的邊緣。

噗——胃中物體再次飛噴，這時周素素連黃膽水也吐了出來，枕頭、被單、頭髮，全部沾滿。

林大洋轉過頭走開，再也不能照顧她了，那陣強烈的異味，令他也想作嘔。

「但……但是——我還是覺得，我好幸福呀，我好幸福呀！」周素素喃喃地。

天亮，光線從窗簾縫中照入，射到床上。

這時林大洋才能仔細地看到全裸的周素素。

那豐滿的胸部，平躺着時，是又軟又扁的兩團肉，凹進去的乳頭已發黑。細腰是名設計家手筆束成，解放後已顯得很粗，昨晚看到的平坦小腹，因產後現着白紋，像肥牛肉中的脂肪。人類的手，最不能欺騙年齡，粗筋和枯乾的皮膚上，似乎見到壽斑。

短短的幾十分鐘之間，周素素從一個貴婦變成淫蕩的女人，再化為醉鬼。由一個幸福的太太，變成一個可憐的棄婦。

林大洋靜靜地走到床邊，替她蓋上了被，走出房門。

他想，有一天，把這場邂逅寫成劇本，並不需要一個完整的故事，過程已夠吸引觀眾，但多麼高深的演技，也難重現這個女人的悲哀。

有誰肯那麼赤裸地來演這個角色？

林大洋搖搖頭，把寫劇本的意念打消。

大丈夫

十年前，斧山道上的嘉禾片廠，每天不斷徘徊着幾個日本女子，都是成龍的影迷，能看到他一眼，是她們一生最大的願望。

其中一個很瘦弱矮小，兩顆大眼睛，像是唯一能看到她的東西，已經一連來了三天。

我們在片廠上班的人看慣了，從來不與影迷們交談。傍晚經過，聽到她咿咿哎哎向警衛詢問，並非聽不懂的日語，而是啞子的發音。

下着大雨，她畏縮在屋簷下，臉色蒼白，片廠並沒有餐廳，她站了整天，眼見就快暈倒。

「你沒事吧？」我用日語問。

她傾側耳，原來連聲音也聽不到，就從和尚袋中取出紙和筆寫下。

「大丈夫。」她也寫。

這也是我第一句學到的日語，發音為Daijyobu，和男子漢一點也搭不上關係，是「不要緊」的意思。

我用手語請她到辦公室坐着，給她倒上一杯熱茶，再在紙上筆談：「積奇在美國，不必等他回來。」

「不是等成龍。」她搖頭後寫上：「我愛香港電影，甚麼時候可以看到拍戲？」

那年頭不流行搭佈景，拍攝都在空地進行，片廠只是一個工作人員的集中地。這幾日天氣不穩定，也不知道甚麼時候才出外景，我寫着要她回去。

看她好生失望的表情，只能再和她談兩句，問道：「為甚麼那麼愛看港產片？」

「從香港電影中感覺到的活力，是日本片沒有的。」她寫：「我最想當演員。如果能在香港電影裏演一個角色，我就心滿意足了。」

真是不自量力，我也沒甚麼話好說，寫道：「當演員，需要講對白。」

「我學。」她寫：「一生懸命。」

一生懸命 Issyokenmen，是拼命的意思，但身體上的缺陷，怎麼強求？我點頭，目送她走。

第二年，她又回來。

看到她疲弱的樣子，我真擔心。這時，她張開口：「Dai……Dai……Daijyo……Daijyobu。」

説完了這句「大丈夫」，她滿足笑了。

第三年，她已會説 Issyokenmen 一生懸命。

筆談中，得知她學語言的過程。這個小女子竟然參加了「東映演員訓練班」學講對白，自己又修閱讀嘴唇動作課程。怎麼讓她進入訓練班的她沒説過，學費倒付了不少。

第四年，她來，又是咿咿哎哎一生懸命説話，我要很留意聽才懂得幾句。剛好有部小資本的動作片拍攝，我請武術指導帶她去現場看看。她開心死了，拍完戲，大概是工作人員同情她，請去九龍城的餐廳吃火鍋。

接着那幾年，她沒間斷來港。之前總傳真説何時抵達，我外遊不在，她留下小禮物就走。

去年她在我的辦公室中看着書架上那六七十本散文集，下了決心，向我説：

「我要做作家。」

對她的意願我已不感到詫異，點頭說：「好，等看你的作品。」

前幾天她又來了，捧了一大疊原稿紙，向我說：「出版已經決定。」

「恭喜你了。」我說：「付你多少版稅？」

她搖頭：「出版社要求我出兩百五十萬日圓。我一次過給了他們。」

心中大叫不妙，但既成的事，不說掃興話。

「你替我糾正一下好嗎？」她說：「書裏有很多中國名詞，我怕寫得不對。」

我點頭答應。她高興地走了。

今夜看她的著作，只有一個錯處，把《旺角卡門》的那個「卡」字寫漏了。

書中充滿對香港所受到的感動，彌敦道上人頭湧湧，新界小巷中的孤寂、西貢鯉魚門的美食等。第一次來港，還幸運地被機師邀請入駕駛室，在萬家燈火的啟德機場下降。當然也少不了目睹電影攝製的震撼，以及對嘉禾片廠夷為平地的失落。

從二十歲的少女，整整經過十年，今年已是三十，我從筆談和對話中了解的她比書中更多更多：兩歲的時候發燒，從此又聾又啞的事，在書中隻字不提。也不是甚麼有錢人家，父母在鄉下開了一間內衣褲的小廠，她一個人住在東京，經濟獨立，做電腦打字員，又當夜班護士助理，所受同事們的白眼和病人的欺負也只向我說過，被對方摑耳光整個人飛出去是常事。省吃儉用，錢花在來香港的機票和住宿，最後的那筆十五萬塊港幣的儲蓄拿來出書，有沒有着落，還不知道。

在作者簡歷上，她只寫着：「一九九四至一九九五年之間，演出東映錄影帶電影，當警車訓練所職員，説過一句對白。」

弱小的她，是一個真正的大丈夫。

寂寞的故事

多年前住旺角，常往街市跑，遇到這麼樣的一個人物：

老乞丐臉圓圓地，身材略胖，戴着一頂鴨舌帽，不管冬天或夏日，襯衫總是一穿兩件，雖然不打領帶，但頸口的鈕扣得緊緊地，拿了一枝拐杖和一個紅色的塑膠水桶，到處討錢。

特徵是這個人一面行乞一面唱歌，唱的粵曲曲目聽不出是甚麼，從來沒有一首特別悲哀，亦並不歡樂。

每一個菜市場都有一檔較為高傲的小販，專做新界菜，非常有信用，大陸貨一概不售，價錢賣得比別人貴，買不買請便，不愁沒生意做。旺角也有這麼一家人。

看到芥菜頭已經出現，是買回家做泡菜的時候了。每做一次花的功夫不少，當然是買最好的了，便向小販要個十斤。

正在付錢時，聽到老乞兒的歌聲，這幾天都沒見他，不知是不是病了？向菜販說馬上回來，轉頭就衝出檔口，走到乞丐常站的角落。

把錢小心地放在那紅色塑膠桶裏，贈款時絕對不可以隨手一拋，銅板掉落在地上是對對方的不敬，不給好過給。

聽不到一句謝謝，記憶中這位仁兄從來不感激，但五塊十塊是區區的數目，要求人家流涕膜拜嗎？

回到菜販處，賣菜的老太太說：「蔡先生，你是常客，我才告訴你，這個乞丐在元朗有一間很大的丁屋，有錢得很呢。」

「甚麼？」我不相信自己的耳朵。

「他的子女也常來我這裏買菜，你知道囉，我們賣的是最貴的。」老太太說：「子女們一直罵這個做父親的，說他替他們把臉都丟光了。」

晴天霹靂，這些年來，加積起來也給得不少，原來是讓他給騙去？但是這檔賣菜的雖然有信用，說的話是不是有證據的呢？

老太太看到我的表情，加多一句：「你去問問前面海鮮餐廳的夥計好了，這個乞丐常去吃翅的。」

更加震驚，有點垂頭喪氣地跑去茶葉店，問老闆說知不知道乞丐的事？

「是不是臉圓圓的那個？」老闆問：「海鮮舖的經理來進貨時，我問問他老乞兒是不是去吃魚翅，一問就知道賣菜的話說的是真是假。」

第二天又到菜市，如果遇到老乞兒時，直接問他好了，但是這麼做會不會傷到他的自尊？好在，沒看到他。

第三、四天，亦不見老乞丐的影蹤，茶葉店老闆笑說：「會不會漏了風聲，聽說你找他，跑不見了？」

過一個星期，茶葉店老闆的外甥女說：「經你那麼一講，我也注意到他，那天看見他的領口開了，還戴一條金鏈，手指般粗呢！」

「你留下電話。」老闆說：「我們看到了就打給你，你親自看看。」

鈴響，趕去的時候，老乞丐已經走了。

週末，又往菜市場跑，還是看不見，茶葉店的老闆打趣：「是不是長短週，星期六不上班？」

想問有沒有見餐廳經理，說曹操曹操就到，經理也問：「是不是臉圓圓那個？是呀，他常來，一來就叫翅。一叫就兩碗。」

「兩碗？」

「一碗自己叫，一碗給那個女的，他常帶着一個女人來，有時還抓一把鈔票塞進她的手。」餐廳經理說。

唉，有一點點的悲哀，想到自己在香港掙扎了那麼多年，屋子也還沒能力買。這傢伙又有丁屋又有情婦，比自己強得多。

「還要不要找他本人聊聊？」茶葉店老闆問。

「算了。」我說。

問了又如何？自己編一個故事把這個人物寫下，賺點稿費，算是得些賠償吧。又照常去買菜。一天，終於聽到老乞兒的歌聲，忍不住上前和他搭訕。

「阿伯今年多少歲了？」我給了錢後問。

「六十七。」他說：「我從前在新填地唱歌的，唱的是新馬仔，現在老了，唱不好了，出來做乞兒，一天也可以討個一百多塊。」

「你不是有屋子有情婦的嗎？」想這麼開門見山地問，但還是問不出口。改為：「一百多？一個月就有三四千，加上救濟金，夠用吧。」

給我問得有點口吃，他說：「我……我有病。」

「甚麼病？」

他想個半天，說：「胃病。看醫生一次也要一百多。」

「可以看公家醫院不要錢呀！」

「公……公家的，看不好，要看私人醫生。」

唉，我還是問不下去了，離開他。

這個人為甚麼要行乞？茶葉店老闆說大概生了一條乞丐命，我認為不是理由。

走遠，好像聽到老乞兒在唱：「孤苦零丁，寂寞也，寂寞呀……」